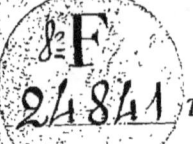

UNE CAUSE BOURBONNAISE CÉLÈBRE

— ·—♦—·—

=== L'Affaire ===

Madeleine Albert

Documents inédits

publiés par

FERNAND CHAUVET

Rédacteur au COURRIER DE L'ALLIER

⁂

MOULINS

CRÉPIN-LEBLOND, IMPRIMEUR-ÉDITEUR

1913

Une Cause bourbonnaise célèbre

L'Affaire Madeleine Albert

Une Cause bourbonnaise célèbre

———▶━✳━◀———

L'Affaire
Madeleine Albert

DOCUMENTS INÉDITS

PUBLIÉS PAR

Fernand CHAUVET

Rédacteur au *Courrier de l'Allier*

MOULINS
CRÉPIN-LEBLOND, IMPRIMEUR-ÉDITEUR

—

1913

Le mercredi 20 mars 1811, une jeune fille de vingt-trois ans portait sa tête sur l'échafaud dressé en la place publique de Moulins. Elle expiait de son sang un crime d'une énormité sans précédent dans les annales judiciaires bourbonnaises, et dont, depuis, pour son honneur, notre département ne devait voir nul autre exemple.

« Quel est l'habitant de Moulins qui n'a entendu raconter cette sanglante tragédie ? Elle est dans toutes les mémoires ; on en berçait l'enfance, et on le répétait à la jeunesse, comme exemple. Le drame avait si fortement saisi l'imagination populaire, à l'époque où la précocité dans le vice et le crime était encore une exception, que le nom de Madeleine Albert est resté ; qu'après plus d'un demi-siècle, on en répète, on en réédite les détails...»

Ainsi s'exprimait Louis Audiat, le regretté écrivain moulinois, dans un article qu'il donnait en 1890 aux *Annales bourbonnaises*.

Depuis, le temps a marché ; les générations initiées ont été remplacées par d'autres qui ne le furent jamais. Combien, en effet, parmi ceux qui nous font l'honneur de nous lire, sont au courant de la sombre et tragique histoire de Biozat ? Est-il même téméraire de prétendre que le plus grand nombre d'entre eux ignorent complètement Madeleine Albert et la triste notoriété qui s'attacha à son nom durant le siècle passé ?... Nous ne le pensons pas.

Cette ignorance, d'ailleurs, s'explique et s'excuse : de cette sanglante tragédie, les publications de l'époque ne nous ont laissé que de très rares documents, des bribes, des à-côté, où la fantaisie et la légende s'exercent le plus souvent au détriment de la vérité des faits. Le journal local ne nous en a donné lui-même qu'un récit volontairement succinct, et quant au *Journal de l'Empire*, moniteur officiel du gouvernement, redevenu depuis le *Journal des Débats*, nous avons pu nous assurer qu'il n'en souffla mot. C'est qu'alors — il nous faut le constater à notre courte honte — on ne sacrifiait pas, comme de nos jours, à l'information à outrance et au « fait-divers » ; il y avait la censure sous les fourches de laquelle l'imprimeur était tenu de passer : — Une lettre du sous-préfet de Gannat au préfet pour l'informer du crime, quelques lignes pour signaler la comparution de l'accusée devant la justice et l'exécution de la sentence portée contre elle, et voilà tout l'honneur que daigna faire au monstre sanguinaire que fut Madeleine Albert, la gazette impériale du département de l'Allier.

Il nous a paru qu'il convenait de combler cette lacune de notre histoire locale. Nous avons eu la bonne fortune de pouvoir consulter aux Archives départementales, où ils viennent d'être versés[1], les documents mêmes du procès qui avaient dormi jusqu'alors dans la poussière du greffe criminel. A la Bibliothèque municipale, dans les collections de M. Francis Pérot, dans des notes vécues de Claude-

[1]. Série U, non classée.

Henri Dufour, directeur-fondateur de l'Ecole municipale de dessin de Moulins, que son petit-neveu, M. le docteur Ambroise Reignier, a bien voulu mettre à notre disposition[1], nous avons puisé les matériaux — pour la plupart inédits — d'un article de reportage rétrospectif que nos concitoyens, nous osons le croire, liront avec le même intérêt que nous avons pris à dépouiller cès vestiges d'une cause célèbre, qui fit sensation dans tout l'Empire français, il y a de cela près de cent trois ans.

*
* *

C'est à Biozat, aux portes de Gannat, que se déroulent les événements dont nous allons rendre compte.

Au hameau du Bois-Garrot, sur la lisière même de la forêt de ce nom, à une demi-lieue du bourg, habitait la famille Albert, composée du père, Amable, âgé de cinquante-sept ans ; de la mère, née Claudine Beaujard,

---

1. « Claude-Henri Dufour, artiste, 1766-1845 », — comme le dit, dans le rond-point d'entrée du cimetière, son épitaphe, — fut un des Moulinois les plus marquants de son époque. On lui doit, notamment, de nombreux dessins d'antiquités, aujourd'hui disparues, de notre province, et qui, sans lui, nous seraient inconnues. C'est lui, aussi, qui réunit une partie notable des documents mis en œuvre, dans l'*Ancien Bourbonnais*, par Achille Allier et ses continuateurs. Pendant la Révolution, il conserva, dans la chapelle de la Visitation (du Lycée), transformée en musée, nombre de souvenirs artistiques d'histoire locale. Son intervention courageuse sauva le tombeau du duc de Montmorency des mutilations dont alors on se faisait gloire volontiers. Il avait, paraît-il, présenté, comme un précurseur des « révolutionnaires », et comme une victime du despotisme royal, le décapité de 1632...

cinquante-deux ans, et de quatre enfants : Madeleine, vingt-trois ans ; Pierre, treize ans ; Gilberte, neuf ans, et Anne, quatre ans. Amable Albert était un petit propriétaire vivant du produit de son bien et de quelques menus travaux qu'il effectuait, de ci de là, chez les fermiers du voisinage. Le ménage occupait une maison isolée, basse, de misérable apparence, couverte en chaume et précédée d'une cour close de haies vives. Derrière, un jardin, où, proche de la maison, béait l'ouverture d'un puits que ne défendait nul garde-fou. A la suite de l'habitation, une grange-écurie où Albert élevait quelques vaches.

On menait là l'existence modeste et calme des travailleurs de la terre. Pourtant, Madeleine était pour ses parents la cause de graves soucis. Elle était irrespectueuse et méchante. Elle ne gardait point reconnaissance à sa mère qui, alors qu'elle avait quinze mois, l'avait arrachée de la gueule d'un loup, un jour qu'étant allée ramasser du bois mort dans la forêt, elle l'avait momentanément déposée, endormie, sur un lit de fougères, où l'affreuse bête était venue l'enlever. Mise en condition dès qu'elle avait acquis assez de forces pour pouvoir travailler, Madeleine était demeurée successivement chez différents particuliers de Biozat, du village d'Arçon, près d'Ebreuil, et des communes environnantes. Partout elle s'était montrée active et laborieuse, mais d'un caractère sombre et taciturne. Elle était coquette et s'occupait avec soin de sa parure, mais cependant aimait à demeurer seule. Elle avait un penchant décidé pour le vol, et c'est ainsi que, lorsque, après le crime atroce par où elle devait illustrer si tragiquement son nom, on procéda à la vente du mobilier de ses parents, plusieurs de ses anciens maîtres reconnurent, parmi ses hardes personnelles, des effets dont ils avaient constaté la disparition alors qu'elle était à leur service.

Le bruit de son penchant pour le vol s'était bientôt répandu ; elle n'avait plus trouvé à se placer et s'était vue obligée de revenir à la maison paternelle. Ce fut, suivant l'expression de Dufour, « un serpent qui se glissa dans le nid des oiseaux qu'il voulait dévorer ». La paix s'enfuit du ménage, jusqu'alors heureux et tranquille. Au surplus, la venue de la petite Anne ne devait qu'exaspérer les ressentiments injustifiés de Madeleine à l'égard de ses parents. Elle ne cessait de leur reprocher d'avoir, par cet inutile accroissement de leur famille, diminué la portion de bien revenant à leurs autres enfants, au point de ne leur laisser que la misère en partage. Une fureur sombre s'empara d'elle peu à peu ; des injures, elle passa aux voies de fait. Un jour, on la vit descendre du grenier un lourd maillet de bois dont elle menaça ses sœurs et sa mère ; son père dut la désarmer et faire disparaître l'instrument pour éviter un malheur.

Un témoin, Mme Chanteboud, fermière à Fontnoble, devait, au cours de l'information, se faire l'écho des inquiétudes et du chagrin d'Amable Albert. Mme Chanteboud occupait ce dernier sur ses terres, car elle le tenait en grande estime pour sa probité et son zèle au travail. Frappée par l'attitude insolente marquée par Madeleine à son père chaque fois qu'elle lui apportait sa soupe, elle en avait fait l'observation à Albert qui lui avait répondu, les larmes dans les yeux : « Allez, madame, j'ai bien de la peine ; depuis que ma femme a eu son quatrième enfant, Madeleine ne peut plus souffrir ni sa mère ni sa petite sœur, et si j'avais le malheur de les laisser seules à la maison, je suis sûr qu'elle les tuerait !... » Les pressentiments du pauvre père n'étaient, hélas ! que trop fondés.

Nous sommes en janvier 1811. La saison est rigoureuse. Tous les travaux agricoles sont suspendus. Les provisions sont rares et chères. Le blé a augmenté dans des proportions considérables. Pour sortir de la gêne où il se trouve et pouvoir subvenir aux besoins des siens, Albert est obligé de vendre un morceau de sa pièce de terre. Cette vente devant encore diminuer la future portion de Madeleine dans la succession paternelle, son égoïsme et sa cupidité s'en irritent. Tout annonce, dès ce moment, qu'elle médite le plus horrible des attentats pour empêcher que cette portion puisse décroître à l'avenir.

« Quelque temps auparavant, une misérable bohémienne avait exalté l'audace de Madeleine. L'art odieux des vagabonds de cette espèce consiste, on le sait, à étudier avec soin les hommes et les circonstances où ils se trouvent placés, à interroger les physionomies que leur expérience leur apprend quelquefois à interpréter avec sagacité, à surprendre les secrets des familles par des questions insidieuses auxquelles de simples villageois hésitent rarement à répondre ; enfin, à pénétrer par ces moyens dans les replis des cœurs et à y démêler les diverses passions dont ils sont agittés...

« ... Ce fut là ce qui arriva à Madeleine Albert dans cette circonstance déplorable... Dès que l'égiptienne eut mis le pied dans la commune, elle ne tarda pas à y être

informée de ses scandaleux déportements contre les
auteurs de ses jours ; mais, au lieu de lancer anathème
contre les enfans rebelles à l'autorité paternelle, voici
l'oracle satanique que, deux fois, elle lui délivra par écrit :
« Vous causerez de grands malheurs dans la maison de
« votre père... Mais vous pourrez vous en tirer avec
« beaucoup de prières... Si vous en réchappez, vous
« parviendrez à une grande fortune [1] ».

1. Fait avoué par l'accusée dans son interrogatoire du 31 janvier et certifié par un témoin, Benoît Cognat, qui a déclaré avoir
lu ces deux billets trouvés parmi les hardes de Madeleine Albert,
lors de la vente du mobilier de ses parents. — D'ailleurs, il semble que Madeleine Albert ait eu une prédilection particulière
pour les horoscopes. Un chroniqueur du *Mémorial de l'Allier*
raconte, en effet, dans le numéro de ce journal portant la date
du 3 mars 1837, que, le 29 septembre 1836, jour de la grande foire
de Cusset, se trouvant mêlé à la foule entourant un devin de
place publique, il remarqua près de lui une femme qui bousculait
ses voisins pour arriver au premier rang. Il s'effaça devant elle en
lui disant : « Approchez ; pour deux sous, vous saurez votre
bonne fortune ! » — « O, Jésus ! fit-elle avec un mouvement
d'horreur et en pâlissant ; plutôt mourir ! » Puis elle se signa à
la dérobée et se retira précipitamment. L'auteur du récit devait
la revoir l'après-midi, au moment où elle regagnait Randan, son
domicile. Il l'interrogea au sujet de l'effroi dont elle avait témoi-
gné, le matin, à la vue du devin. Alors elle lui raconta ce qui
était advenu à une de ses amies, qui n'était autre que Madeleine
Albert. Ici nous citons la chronique du *Mémorial* : « — ... Pauvre
Madeleine ! c'était ma meilleure camarade ; jamais nous n'allions
aux champs l'une sans l'autre. Madeleine était gaie et rieuse. Un
jour, il y a bien 24 ans de cela, nous fûmes à une foire de Mon-
taiguet ; il y avait comme aujourd'hui un homme qui disait la bonne
aventure, et ça ne coûtait que deux sous. Le malin esprit nous
tenta ; nous nous approchâmes ; la première, je tendis la main

« Ainsi fut encouragé le crime par l'appât d'une grande fortune et l'espérance de l'impunité... Ainsi, les pratiques extérieures de la rellIgion furent signalées comme moyens d'échapper à la justice humaine... L'impie Albert n'avait pas besoin de tant d'encouragements !...

« Bientôt parurent les symptômes de la catastrophe si fatale à toute la famille... Le samedi 12 janvier, Madeleine étant au bois Garot avec son jeune frère, est saisie, tout à coup, d'un noir accès de fureur. « Enfant de bour-« reau, lui dit-elle, en lui présentant les pointes d'une « fourche de fer, il ne tient à rien que je ne t'éventre ! » A ces mots, l'enfant épouvanté se met à courir à toutes jambes... « Vous avez beau faire, lui crie-t-elle, tôt ou « tard, vous passerez tous par mes mains ! [1] »

« En avertissant son père de ce qui venait de se passer,

avec mes deux sous, et l'homme me donna un petit billet ; Madeleine en fit autant. Dans mon billet il y avait : « Tu seras mariée « jeune, et tu n'auras pas d'enfants, mais une grande fortune sur « tes vieux jours. » Eh bien, monsieur, voyez l'imposteur ; je me suis mariée à trente-quatre ans, j'ai sept enfants que j'ai bien de la peine à élever avec mon pauvre homme qui travaille comme un nègre. — Et Madeleine ? — Madeleine, ah ! son billet disait... (Ici la parole de l'Auvergnate devint saccadée ; deux larmes coulèrent sur ses joues, je la vis frémir involontairement). — Le billet de... Madeleine..., il disait... « Tu tueras ton père, ta mère et toute ta famille ! » Depuis ce temps, ma camarade devint triste, rêveuse, elle ne chantait plus, ne travaillait plus, jusqu'au jour où, dans notre petit village de Biozat, on apprit qu'une jeune fille armée d'une hache avait tué son père, sa mère... — Votre amie, c'était donc ?... — Madeleine Albert !... »

1. Déclaration faite par le fils Albert à l'hôpital de Gannat, le 8 mars 1811.

Pierre eût, sans doute, obvié aux derniers malheurs ; mais le pauvre enfant, étant accoutumé aux affreux déportements de sa sœur, il paraît que cette scène ne fit sur lui qu'une impression passagère et qu'il oublia d'en faire le rapport à ses parents [1]. »

Le forfait devait suivre de près la menace.

Le 13 janvier — c'était un dimanche — Amable Albert s'était rendu avec Jacques Richard, son voisin et acqué-reur, à Gannat, où, par devant notaire, ils devaient passer l'acte de vente dont nous avons parlé. Madeleine, de son côté, s'était rendue à l'église. Le pasteur, bien informé, redoutant que cette vente, dont il avait connu le projet, ne soulevât de nouveaux orages dans la maison d'Amable Albert, et voulant les conjurer autant qu'il était en son pouvoir de le faire, ne manqua pas de prendre pour sujet de l'allocution qu'il adressa ce jour-là à ses paroissiens, les devoirs des enfants à l'égard de leurs père et mère. Il le développa avec toute l'énergie, toute l'onction d'un vrai prê-tre chrétien. Il démontra que la piété filiale était le premier fondement de la paix domestique, la plus sûre garantie des bonnes mœurs et de la tranquillité publique. Il flétrit les enfants rebelles à l'autorité paternelle, à cette autorité établie par Dieu lui-même et universellement révérée [2].

Ce sermon ne devait point apaiser la haine que Madeleine éprouvait à l'égard de ses parents.

---

1. Ces détails sont extraits d'un « Mémoire historique et physio-nographique sur Madeleine Albert, double parricide, double fratricide », manuscrit inédit de trente pages, de Henri Dufour.

2. Détail attesté par les témoins du procès et le curé de Biozat lui-même, et consigné dans le mémoire de Dufour.

De retour chez lui, vers cinq heures et demie du soir, Albert s'était installé devant la cheminée, auprès de sa femme qu'il avait mise au courant du marché qu'il venait de conclure.

Madeleine était présente à l'entretien. Elle prit ombrage de cette vente qui allait encore restreindre le patrimoine familial, déjà si modeste, et adressa à son père de vifs reproches. Elle exigea même qu'il lui remît une partie de l'argent qu'il avait apporté. La scène dura quelques minutes. A la fin, exaspéré, Albert se leva et, prenant une houssine dans le coin de l'âtre, il en appliqua deux coups sur les reins de sa fille. Dans sa juste indignation, il voulait l'expulser de la maison sur le champ ; mais la mère s'empressa d'intercéder pour sa fille et s'efforça de désarmer la colère de son mari, qui pardonna encore, se contentant d'ordonner à Madeleine d'aller se coucher et de lui laisser la paix.

Sans protester, Madeleine obéit. Elle posa ses sabots et s'en fut s'étendre tout habillée sur son lit. Elle demeura là pendant un quart d'heure, dans une immobilité absolue, combinant les moyens de réaliser l'infernale idée de vengeance qui venait de germer dans son cerveau.

La tranquillité paraissant revenue, Albert avait repris sa conversation avec sa femme et se concertait avec elle sur le meilleur emploi à faire de la somme provenant de la vente, pour les besoins les plus urgents de la famille. Les enfants, pendant ce temps, s'amusaient « à cache-cache » dans la maison [1].

1. Déposition du fils Albert.

Madeleine Albert

(D'après C.-H. Dufour)

Madeleine était prête pour l'accomplissement de ses cruels desseins. Sur un coffre de sapin placé près de son lit, elle saisit une hache dont, la veille, son père s'est servi pour débiter du bois. Elle se laisse glisser sur le sol et, pieds nus, « à bas bruit », disent les documents de la procédure, s'approche de la cheminée, près de laquelle ses parents continuent à causer. A deux mains, elle lève son arme sur la tête de son père et le frappe violemment. Sans pousser un cri, le malheureux tombe par terre. Comme mue par un ressort, sa femme s'élance pour prendre sa défense. Madeleine se retourne vers elle et, d'un coup de hache, l'abat à ses pieds. Le sang qu'elle voit ruisseler autour d'elle accroît encore sa fureur ; elle s'acharne sur son père, sur sa mère, frappe l'un, frappe l'autre, avec frénésie ; ainsi, par sept fois, son arme terrible retombe, ouvrant à chaque coup d'épouvantables blessures...

Le jeune Pierre, ses deux sœurs ont cessé leurs jeux innocents pour aller, muets d'épouvante, se blottir dans le coin le plus obscur de la chambre. Ce sont des témoins dangereux, dont Madeleine songe aussitôt à se débarrasser. Abandonnant ses deux victimes qui gisent, pantelantes, sur le sol, elle se dirige vers la petite Anne, qu'elle repousse brutalement du talon de la hache. L'enfant joint les mains : « Tu as tué papa et maman ! » s'écrie-t-elle, suppliante. Elle demande grâce, se traîne à genoux vers sa mère, comme pour se placer sous son égide protectrice... Madeleine va-t-elle immoler à sa haine cette innocente petite victime ?... Non... pas immédiatement, du moins. Elle se ravise et se dirige vers son frère, sans

2 *

doute parce que le froid raisonnement, qui lui dicte chacun de ses actes, le lui a désigné comme devant être son plus redoutable accusateur. Mais Pierre a deviné les desseins de sa sœur ; d'un bond, il traverse la maison, ouvre la porte et s'enfuit chez les voisins.

La furie qui, durant toute cette tragédie, ne s'est point départie de son sang-froid et de sa présence d'esprit, se sent perdue. A la monstruosité sans nom qu'elle vient de montrer, elle va ajouter le raffinement de l'hypocrisie. Elle s'élance sur les pas de son frère, qu'elle appelle dans la nuit et engage à revenir. Sa voix se fait douce, suppliante : « Reviens, Pierre ; je ne te ferai aucun mal ! » Mais le jeune garçon, à qui le danger a donné des ailes, poursuit sa course vers les plus proches maisons, et esquive ainsi le guet-apens où elle comptait l'attirer. Madeleine rentre à la maison et se jette sur sa sœur Gilberte que, à deux reprises, elle frappe du talon de la hache, derrière l'oreille et sur l'omoplate ; l'enfant, à demi-assommée, tombe par terre et se traîne sous un lit pour échapper à de nouveaux coups. Puis, saisissant dans ses bras sa plus jeune sœur, qui se débat et demande grâce, Madeleine, sourde à ses gémissements, inaccessible à la pitié, l'emporte dans le jardin et la précipite dans le puits...

Alors, instantanément, elle imagine de donner le change aux voisins qui, prévenus par son frère, vont accourir dans un instant. Elle sort sur le chemin et se met à crier : « au secours ! à mon aide ! » Puis, rentrant précipitamment dans la maison, elle soulève sa mère, qui respire encore, la porte sur son lit ; relève sa sœur

Gilberte, qu'elle couche en travers du même lit, aux pieds de sa mère ; se rend dans le jardin, jette la hache dans le puits, arrache à la clôture un pieu qu'elle vient tremper dans le sang qui inonde la maison, et le dépose près de la cheminée, bien en évidence, pour faire croire que c'est là l'instrument qui a servi à frapper les auteurs de ses jours.

Les voisins, attirés par les horribles révélations du jeune Pierre et les appels de Madeleine, accourent les uns après les autres. Bientôt, la maison est pleine de monde. Il y a là, Benoît Cognat, frère du maire de Biozat ; Claude Rigaud ; sa femme, née Etienne Larbin ; sa fille Amable ; Gilbert Larbin, beau-frère de Rigaud, d'autres encore. Avec un cynisme déconcertant, Madeleine Albert leur raconte la version que la fécondité de son cerveau lui a suggérée : « Voyez tout ce désordre, s'écrie-t-elle d'un ton plaintif et larmoyant. Un grand malheur vient d'arriver ! » Et, montrant son père dont le corps baigne littéralement dans le sang, sa mère étendue sur son lit, sans connaissance : « Voyez, ajoute-t-elle, ces deux méchantes personnes ; elles se sont tuées en se maltraitant, et elles ont jeté ma petite sœur dans le puits !... »

Affolés par le spectacle épouvantable qui s'étale sous leurs yeux et que rend plus saisissant encore la demi-obscurité qui règne dans la maison, les voisins sont littéralement atterrés, désemparés. Les femmes sont les premières à réagir. « Donnez-moi du linge pour laver les blessures de votre mère ! » dit la femme Rigaud, s'adressant à Madeleine. « Je n'en ai point ! » répond celle-ci

sèchement. « Alors, faites-moi chauffer de l'eau ! »,
reprend impérativement la voisine, qui, en attendant,
arrache son mouchoir de col, le déchire et s'en sert pour
étancher le sang qui s'échappe des blessures de la
victime. Madeleine consent, cette fois, à s'exécuter.
Enjambant, sans nulle apparence d'émotion, le cadavre
de son père, foulant le sang qu'elle a répandu, elle va
s'asseoir sur l'une des deux chaises demeurées devant la
cheminée et place une marmite sur le feu. Mme Rigaud
lave les blessures de la femme Albert, qui reprend ses
sens au bout de quelques instants : « Qui vous a mise
dans cet état ? » lui demande-t-elle. « C'est mon mari
qui, en trébuchant, m'a fait tomber sur le carreau de la
cheminée », répond la femme Albert. Mais personne
n'est dupe de ce mensonge maternel, dans lequel elle
devait persister jusqu'à son dernier souffle.

« Après sa translation à l'hospice de Gannat — lisons-
nous, en effet, dans les notes de Dufour — non seulement la femme Albert persiste à ne point accuser
Madeleine, mais même au fort de ses plus cruelles souf-
frances, il ne lui échappe rien qui puisse faire planer le
soupçon sur elle... A ses derniers moments, elle ne
s'occupe que des enfants qui lui restent, et le troisième
jour, elle ferme les yeux en pardonnant à la main impie
qui la précipite au tombeau. »

Rigaud, Richard, et tous les autres témoins avec eux,
sont déconcertés par l'attitude révoltante de Madeleine.
Rigaud propose à Richard de l'arrêter et de la garrotter ;
ce dernier le dissuade d'un tel projet, car il estime qu'il
convient de ne rien brusquer et d'attendre l'arrivée du

maire, qu'on est allé prévenir. Madeleine, qui a l'oreille et l'œil à tout autour d'elle, a entendu le propos. Pour elle, le danger est imminent. A la hâte, elle réunit les hardes à son usage, en fait un paquet, ouvre l'armoire avec la clef qu'elle est allée prendre dans la poche de la robe de sa mère, s'empare de l'argent provenant de la vente fatale et, repassant sur le cadavre de son père avec la même insouciance que précédemment, gagne la porte et disparaît précipitamment. Rigaud la suit, l'appelle, sans obtenir de réponse. Madeleine s'éloigne en grande hâte. Pourtant, avant de quitter pour jamais ces lieux où elle a vécu, elle veut compléter sa vengeance ! Elle dirige ses pas vers le chétif morceau de terre vendu par son père à Richard, où — détail qui prouve l'ardeur de sa cupidité déçue et aussi le rare sang-froid dont s'accompagnent tous ses actes — elle coupe, brise ou arrache les jeunes arbres, pour que l'acquéreur ne puisse jouir de leurs fruits. Puis elle s'enfonce dans la forêt voisine, — digne repaire d'une telle bête féroce.

Rigaud revient à la maison. Le maire, M. Gabriel Cognat, arrive à ce moment. On le met au courant des événements qui viennent de se dérouler. Son premier soin est d'envoyer plusieurs de ses administrés à la recherche de l'assassin. François Parait, Jean David et François Rousse partent aussitôt dans des directions différentes. Ils sont armés, car on leur a dit que Madeleine a emporté un couteau, — et on la sait capable de s'en servir.

Cependant, la femme Rigaud et sa fille sont demeurées au chevet de la femme et de la fille Albert, auxquelles

elles continuent leurs soins dévoués. La femme Albert se préoccupe de ce que sont devenus son mari et sa fille aînée, car sa raison vacille et s'évanouit parfois complètement. « Votre fille a pris la fuite », répond la voisine. Alors, la victime a un sursaut d'énergie ; il semble que cette révélation ait galvanisé ses souvenirs : « Ah ! mon Dieu, dit-elle, Madeleine aura pris notre argent qu'était dans l'ormoire ! »

A ce moment, seulement, on songe à la petite Anne que sa sœur aînée a précipitée dans le puits et dont les voisins, dans le désemparement où ils se trouvent, ont oublié de se préoccuper. Gilbert Larbin allume une « fallasse » et, suivi de Rigaud, se dirige vers le puits. Dans le jardin, ils rencontrent Claude Lanier, autre habitant du Bois-Garrot, qui reproche véhémentement à Rigaud de ne pas avoir eu le courage d'appréhender Madeleine. Rigaud répond que, s'il ne l'a point arrêtée, c'est parce qu'il a craint qu'elle ne le frappât avec son couteau. Associant leurs efforts, les trois hommes retirent de l'eau la fillette qu'ils emportent à la maison. Elle respire encore, mais si faiblement !... Le maire la prend dans ses bras, avec des soins maternels, l'approche du feu pour la réchauffer, la berce, la cajole, s'efforce de la ranimer. Peine perdue : la petite Anne expire au bout d'une demi-heure... Son cadavre est déposé sur un coffre. On emporte Gilberte chez Mme Richard. Toutes choses sont laissées en leur état dans la maison, en attendant l'arrivée de la justice, que le maire va diligemment prévenir.

*
* *

Nous avons sous les yeux la lettre, en date du 13 janvier, onze heures du soir, par laquelle M. Gabriel Cognat informe M. Comby, juge de paix à Gannat, de l'épouvantable forfait qui vient d'ensanglanter sa commune. Elle est émouvante en sa naïve simplicité. Elle débute ainsi :

« Monsieur,

« J'ay la douleur de vous annoncer une triste nouvelle, qui a mis lallarme dans ma commune. Cet une orrible assassinat qui a été comit sur les six heures du soir, au Bois Garrot commune de Biozat. Voici le fait... »

Suit, en deux longues pages, le récit du crime tel que le maire l'a recueilli de la bouche du fils Albert. M. Cognat ajoute :

« Voila le détaille que ce pauvre petis enfant ma fait, il était tout tremblant, cette malheureuse tigresse a u le courage d'attendre que les voisin fussent arrivé et leurs a dit que c'étoit son père et sa mère qui s'étoit battu, que quelquuns avoit porté sa petite sœur dans leur puit.

« Quant elle s'est apperçue que l'on mavoit envoyé appeller elle a cherchez dans une ormoire et y a prit quelque chose que l'on soupsonne être l'argent de la terre vendue que le père y avoit mit, elle a fermé ledit ormoire a clef la mise dans sa poche et s'est sauvée. A mon arrivée, l'on m'a annoncé qu'elle avoit prit la fuitte, j'ay de suitte fait chercher aux environs mais sans fruit — quoi faire dans la nuit et auprès du bois... »

Suivait le signalement de Madeleine Albert. La lettre se terminait ainsi :

« ... Je n'en finiroit point s'il falloit vous tout expliquer cette effroyable accident. Vous savez ce qu'il faut faire dans de pareilles cas j'es pere que ny metterez point de retard. Je suis très fatigué pardonnez si la présente n'est pas comme je le désireroit.

« J'ay l'honneur d'être votre très humble et très hobéissant serviteur. « Cognat, *maire.*»

De son côté, à la date du 14, M. de Sartiges, sous-préfet de l' « arrondissement communal » de Gannat, informait M. Pougeard-Dulimbert, « baron de l'Empire, préfet de l'Allier, membre de la Légion d'honneur ».

« Je ne sais comment — lui écrivait-il — vous faire la narration d'un crime affreux qui s'est commis le 13 de ce mois dans la commune de Biozat. La plume semble se refuser à tracer des détails aussi horribles. Il faut que la dépravation des mœurs, l'oubli des sentimens qu'inspire la nature, soient portés à leur comble, pour se persuader qu'il existe encore un monstre capable d'égorger *(sic)* de sang-froid, son père, sa mère, son frère et ses deux sœurs. La nommée Albert, âgée de vingt-trois ans, est le monstre qui s'est souillé d'un parricide et d'un fratricide aussi révoltans [1]. »

* *

La justice était saisie. Elle allait, dès le 14 janvier, se

[1]. Lettre publiée dans le *Bulletin de l'Allier*, numéro du jeudi 17 janvier 1811.

mettre en mouvement. Afin de faciliter la compréhension des opérations auxquelles nous allons la voir se livrer, il est nécessaire que nous ouvrions ici une parenthèse pour expliquer le mécanisme de l'organisation judiciaire d'alors, bien différent — on va s'en rendre compte — de celui en usage aujourd'hui.

On sait que l'institution du jury remonte à la Révolution. Ce furent les lois des 21 août, 16-22 septembre 1791 qui en réglèrent l'organisation et le mode d'action. Il commença à fonctionner en janvier 1792. L'Assemblée constituante, tout en n'appliquant le jury qu'aux matières criminelles, admit, à l'exemple de l'Angleterre, un jury d'accusation et un jury de jugement. Le code de brumaire an IV conserva le jury d'accusation, qui fut aboli par la loi du 9 décembre 1808, instituant le code d'instruction criminelle. Cette loi ne reçut son application qu'à partir de 1812, c'est-à-dire dans l'année qui suivit les événements dont nous nous occupons.

Ce fut donc le régime du code de brumaire an IV qui fut appliqué au procès de Madeleine Albert. L'article 301 de ce code spécifiait que « nul ne peut, pour un délit emportant une peine afflictive ou infamante, être poursuivi devant un tribunal criminel, et jugé, que sur une accusation reçue légalement par un jury composé de huit citoyens ». Ce jury était constitué au chef-lieu de chaque arrondissement judiciaire et placé sous la direction du président du tribunal civil ou, à son défaut, d'un juge délégué. C'est ce magistrat, faisant fonctions de directeur du jury, qui, sur les réquisitions du substitut du procureur général impérial, « magistrat de sûreté

de l'arrondissement », instruisait la procédure criminelle.

Lorsqu'une affaire était « en état », le jury spécial
d'accusation se réunissait pour prendre connaissance des
procès-verbaux et pièces d'information, et délibérait sur le
point de savoir s'il y avait lieu, ou non, à accusation.
Dans l'affirmative, le dossier était transmis au procureur
général impérial près la « cour de justice criminelle »
séant au chef-lieu du département. Cette cour, comme de
nos jours, se réunissait chaque trimestre. Elle jugeait
avec l'assistance d'un « jury de jugement » composé de
douze jurés titulaires et de trois jurés adjoints. Les débats
avaient lieu en présence de l'accusé et de son conseil.
Retirés dans la chambre de leurs délibérations, les jurés
discutaient les questions posées par le président. Celui
d'entre eux qui se trouvait le premier inscrit sur le tableau
était leur chef. Lorsqu'ils étaient en état de donner leur
« déclaration », ils faisaient avertir le président, qui délé-
guait l'un de ses assesseurs pour recevoir, en la chambre
du conseil, en présence du commissaire du pouvoir exécutif, les réponses individuelles que chacun d'eux devait
faire successivement, « en l'absence les uns des autres ».
Le chef du jury faisait sa déclaration le premier ; quand
il l'avait achevée, il demeurait dans la chambre du conseil
avec le juge et le commissaire du pouvoir exécutif. Les
autres jurés se retiraient dès qu'ils avaient achevé leurs
déclarations. Pour constater ces diverses réponses, des
boîtes blanches et des boîtes noires étaient posées sur le
bureau de la chambre du conseil : blanches pour recevoir
les opinions favorables à l'accusé, noires pour constater

celles qui lui étaient contraires. Il y avait autant de paires de boîtes que de questions à décider. La délibération terminée, tous les jurés rentraient dans la salle, et le chef du jury donnait lecture de la déclaration, la signait et la remettait au président.

Tel était, en résumé, le fonctionnement des tribunaux criminels de cette époque, qui furent supprimés par le code de 1808 et remplacés par les cours d'assises. Les jurys d'accusation, du même coup, disparurent pour faire place aux chambres d'accusation établies près les cours d'appel.

*
* *

Donc, le 14 janvier, c'est-à-dire dès le lendemain du crime, la justice se mettait en devoir d'instrumenter contre Madeleine Albert. M. Chocheprat-Dumouchet, juge au siège de Gannat, faisant fonctions de directeur du jury spécial d'accusation en remplacement de M. Lucas, président, « légitimement empêché », se rendait au Bois-Garrot. Il était accompagné de MM. le substitut Baratier, magistrat de sûreté de l'arrondissement ; François Bourroux, greffier ; Bœuf, huissier-audiencier (en ce temps-là un huissier accompagnait les magistrats dans les transports) ; Meilheurat, médecin, et Artonne, chirurgien. Le juge de paix et la gendarmerie de Gannat l'y avaient précédé pour procéder aux premières constatations et recueillir les déclarations des témoins dont nous avons donné les noms.

A leur arrivée dans la maison du crime, les magistrats trouvèrent Amable Albert à l'endroit même où il était tombé. Il était couché près de la cheminée, « la tête appuyée contre un poinçon [tonneau], tout ensanglanté et coiffé d'un bonnet de laine blanche », que sa fille lui avait mis pour cacher la vue de ses horribles blessures. Il avait les mains teintes de sang, la gauche appuyée par terre, la droite un peu élevée et près de la cuisse. A côté de la porte, « sur une maie à pétrir le pain », était placé « un petit enfant de quatre ans, couvert d'un linge et absolument mort, qu'on avait retiré du puits ». La femme Albert était « gissante dans un lit, sans connaissance, ayant la tête tout ensanglantée ». La jeune Gilberte, la quatrième victime, « était absente »,— nous le savons. Le magistrat instructeur se rendit chez Mme Richard, où elle avait été transportée. Il la trouva « étendue sur deux chaises, ne pouvant presque pas parler et tout égarée ». MM. Meilheurat et Artonne l'examinèrent ; ils constatèrent qu'elle portait derrière l'oreille gauche, sur l'apophyse mastoïde, une contusion considérable, avec large ecchymose de toute cette partie de la tête, et, sur l'omoplate gauche, une autre contusion « de la grandeur d'une carte à jouer ». Elle vomissait au fur et à mesure ce qu'on lui présentait à boire ; sa faiblesse était extrême, et les médecins déclaraient, dès ce moment, redouter pour elle les suites les plus funestes et ordonnaient son transport immédiat à l'hôpital de Gannat [1]. On put, cependant, lui adresser

1. En dépit du diagnostic des médecins, nous avons lieu de penser que Gilberte Albert survécut à ses blessures, car nous n'avons trouvé trace de son décès ni sur les registres de Gannat, ni sur ceux de Biozat pendant la période décennale qui suivit les événements dont nous nous occupons.

quelques questions ; elle répondit que « c'était sa sœur
aînée qui l'avait mise en cet état ».

De retour dans la maison du crime, M. Chocheprat-
Dumouchet ordonna aux médecins de visiter la femme
Albert. Ils relevèrent sur elle une plaie de « deux pouces
de grandeur, sur le front, à gauche, avec enfoncement
considérable de l'os coronal ; une seconde plaie, d'un
pouce, sur le coronal droit et pénétrant jusqu'à l'os ;
enfin, une troisième blessure, d'un pouce et demi, sur la
partie supérieure et antérieure du pariétal droit, avec
fracture, enflure considérable et épanchement sanguin
sur l'œil droit ». Ces trois plaies, disent les hommes de
l'art, mettent en danger la vie de la victime.

L'examen du cadavre d'Amable Albert, auquel il fut
ensuite procédé, révéla l'existence, dans la région capitale, de six larges et profondes blessures, dont l'étendue
et la gravité indiquaient surabondamment que l'instrument
tranchant qui les avait produites avait été manié avec une
grande violence et aussi une grande sûreté. Trois de ces
plaies, mesurant deux pouces de longueur, furent relevées
sur l'occipital gauche ; deux autres, sensiblement de
mêmes dimensions, sur l'occipital droit, toutes cinq pénétrant jusqu'au péricrâne. La sixième, intéressant le
temporal gauche, avait pénétré jusqu'au cerveau et avait
suffi, à elle seule, pour déterminer la mort.

Sur le cadavre de la fillette retirée du puits, nulle trace
de blessure ; une simple meurtrissure à l'abdomen. Un
épanchement s'était produit au cerveau, et la mort avait
été occasionnée par la submersion.

Au moment où le magistrat allait clore son procès-verbal, on lui présenta le fils Albert. Encore sous le coup de la terreur qu'il avait ressentie la veille au soir, ce dernier raconta ce qu'il avait vu.

M. Chocheprat-Dumouchet délivra les deux permis d'inhumer et ordonna le transport de la femme Albert à l'hôpital de Gannat, où, malgré tous les soins dont elle fut l'objet, elle succomba le 19 janvier.

Un plan de la maison du crime, ultérieurement dressé par Dufour et qui figure parmi les collections de M. Francis Pérot, lequel a bien voulu en autoriser la reproduction, nous permet d'ajouter au procès-verbal de transport que nous venons d'analyser, quelques détails intéressants.

La maison Albert, nous l'avons dit, était de misérable apparence. Elle était couverte en chaume et extrêmement basse, puisque la « semelle » du toit se trouvait exactement « à cinq pieds et six à huit pouces au-dessus du sol ». Les murs étaient en torchis revêtu d'un mauvais crépissage. L'aire de l'unique pièce était en terre battue ; pas de fenêtre : la maison n'était éclairée que par l'imposte de la porte. A la poutre principale, pendait une « lampe à quenée ou chattet » en cuivre ; à une poutre voisine, étaient suspendus du fil, des étoupes. Le mobilier était des plus sommaires : « deux lits en très mauvais état, celui du père avec des rideaux de droguet usés ; la couchette de la fille ; deux coffres ou arches, l'une plus grande, l'autre petite, en sapin ; une futaille, quelques chaises grossières ou selles (six ou huit) ; des pots ou cruches, quelque vaisselle, un pot de fleurs, des paniers et paillasses et quelques pots de feu ou marmites, des quenouilles. »

Toujours sur ce même plan, établi par Dufour pour sa documentation personnelle et en vue de la notice qu'il se proposait de consacrer à ce drame et qui ne devait jamais être publiée, nous avons relevé, sous le titre : « Costumes des personnes », ces détails vestimentaires et... anthropométriques qui ne manquent point de pittoresque :

« AMABLE ALBERT. — Le père ; habit d'étofe grise, pantalon de même, bas de laine grise et des sabots ; sa chemise était boutonnée au-dessous du col ; sans col ni mouchoir. Taille 5 pieds 2 à 3 pouces.

« MARIE BEAUJARD. — La mère. Une bonnette comme Magdelaine, mais plus simple, une robe aussi de même forme, ayant le corps d'un drap gris bleuâtre garni de velours noir, le jupon d'étofe de laine grise mêlée de fil ; un tablier de cotonade à petites rayes bleues, un mouchoir d'indiennes à grands carreaux au milieu desquels un fleuron, et ayant une bordure en fleurs. Des sabots. Taille 5 pieds 8 à 10 pouces.

« MAGDELAINE. — Robe d'Auvergne d'étamine verte garnie de velours noir ; le cotillon de même ; tablier de cotonade à petits carreaux bleus, mouchoir d'indienne à fond blanc avec des fleurs ; bonnette d'Auvergne, gaufré, assez propre. Taille 4 pieds 5 pouces 5 à 6 lignes.

« GILBERTE (9 ans). — Robe d'Auvergne, d'étamine couleur de vin, passée, avec velours ; bonnette comme sa mère ; un petit tablier, un petit mouchoir d'indienne et des sabots. Taille 3 pieds 7 pouces, 5 lignes.

« ANNE (4 ans). — Robe d'Auvergne en cadis gris de

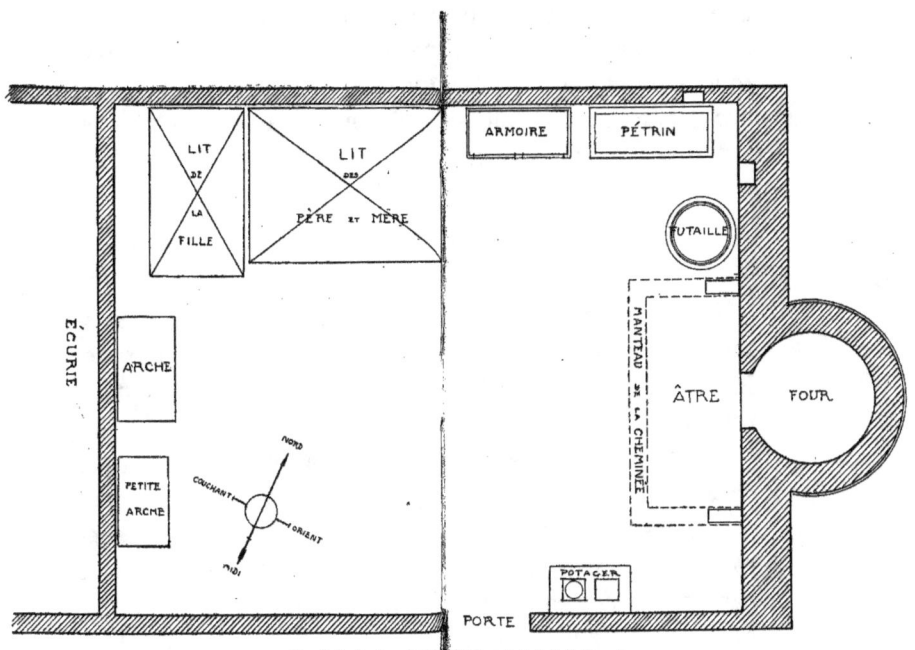

ÉCURIE

LIT DE LA FILLE

LIT DES PÈRE ET MÈRE

ARMOIRE

PÉTRIN

ARCHE

PETITE ARCHE

NORD

COUCHANT

ORIENT

MIDI

FUTAILLE

MANTEAU DE LA CHEMINÉE

ÂTRE

FOUR

POTAGER

PORTE

Plan de la chambre du crime (d'après un dessin de C.-H. Dufour)

fer, un petit mouchoir blanc, tablier de même et un petit bonnet rond d'indienne flambé. (Elle était fort jolie). Taille, avec ses sabots, 3 pieds.

« PIERRE. — Une veste en laine brune ; un gilet de laine grise et par dessous un autre à peu près semblable ; une grande culotte ou pantalon en étofe blanchâtre semblable à du coutil usé, par dessous un autre en grosse toile, l'un et l'autre en mauvais état et raccomodés avec des morceaux de toile et d'étofe de laine grise. Taille, 3 pieds, 9 pouces, 6 lignes. »

*
* *

Le surlendemain, 16 janvier, après avoir pris connaissance du procès-verbal relatant la constatation du crime, M. le substitut magistrat de sûreté délivrait le réquisitoire ci-dessous :

« Attendu que des crimes de ce genre, dont on n'a pas d'exemple, méritent d'être poursuivis avec célérité pour que la justice puisse en faire un prompt exemple, requérons que l'instruction de la procédure soit commencée par contumace et que soient assignés à notre requête pour être entendus : Claude Rigaud, sa femme, ses deux filles ; Antoine Lasnier ; Julien Daise, cabaretier ; Benoît Cognat, propriétaire ; Jacqueline Courtin, femme Chanteboud, — à tel jour que, en vertu d'une ordonnance à intervenir de M. le directeur du jury criminel... »

En même temps, le magistrat décernait contre Madeleine Albert un « mandat de dépôt » — on dit aujourd'hui

un mandat d'arrêt — où son signalement était ainsi
décrit :

« 23 ans, taille d'un mètre quatre décimètres, cheveux et sourcils châtains, front petit, yeux gris brun, nez
pointu, visage large et plat marqué de petite vérolle,
teint blanc et coloré, assé grosse de corps, portant le col
un peu du cotté gauche, marchant pesamment en se
balançant, vêtue d'une robe d'étamine verte, un tablier
de cotonade à carreaux blancs et bleus mi-usé. »

Les recherches, dans la région, se poursuivirent pendant
plusieurs jours sans qu'on réussît à découvrir les traces de
la fugitive. Marchant la nuit, se cachant le jour, évitant
avec soin les routes fréquentées par les rouliers, Madeleine Albert avait réussi à gagner le Puy-de-Dôme. Le
20 janvier, elle arrivait au village de Tyrande, dépendant
de la commune de Saint-Ignat, arrondissement de Riom.
Avisant une étable déserte, elle s'y était glissée autant
pour se mettre à l'abri du froid que pour se soustraire
aux investigations de la justice.

C'est là que, ce même jour, vers une heure de relevée,
Jacques Maussant, garde champêtre, la découvrit. Un
simple coup d'œil lui suffit pour se convaincre qu'il avait
devant lui la « parricide de Biozat » dont le signalement
lui avait été communiqué. Il l'appréhenda et la conduisit
devant le maire, qui l'interrogea. Madeleine Albert déclina
ses noms spontanément. Elle déclara avoir couché, la
nuit précédente, dans un domaine de Paquant, village
voisin, et avoir abandonné le domicile paternel depuis
huit jours. Invitée à indiquer les motifs qui l'avaient
poussée à quitter sa famille, elle répondit « qu'il s'était

passé chez elle des événements qui l'avaient obligée à fuir », mais refusa obstinément de s'expliquer sur la nature de ces événements.

Son mouchoir de col, son tablier, ses sabots portaient des traces de sang. On trouva sur elle la presque totalité de la somme qu'elle avait prise dans l'armoire de ses parents : « cinq écus de six livres, cinq écus de trois livres, quatre pièces de trente sous contenus dans une bourse grise, et 2 fr. 75 centimes en monnoye de billon renfermée dans une bourse garnie en peau par le bas ».

La nouvelle de l'arrestation fut apportée au magistrat de sûreté de Gannat par une lettre de M. Bordet, procureur général près la Cour criminelle de Riom, en date du 21 janvier. Allant au-devant des hypothèses de démence et d'irresponsabilité — on en invoquait déjà dans ce temps-là ! — qui pourraient être envisagées dans la suite pour la défense de l'accusée, ce magistrat écrivait :

« ... Je me plaisois à croire, pour l'honneur de l'humanité, que cette fille avoit l'esprit aliéné ; mais aux précautions qu'elle a prises pour se cacher et aux réponses qu'elle a faites au maire de Saint-Ignat, qui l'a interrogée lorsqu'elle a été conduite devant lui, j'ai jugé qu'il n'en étoit rien, et que l'arrestation de ce monstre étoit un service rendu à la société. »

Le 22 janvier, Madeleine Albert est transférée à Gannat.

« A son arrivée, le peuple est accouru en foule pour voir ce monstre. Je ne puis vous peindre la fureur de la populace ; si la gendarmerie ne l'avoit secourue, je crois qu'elle eût été mise en pièces. On a eu beaucoup de peine à la préserver des coups de bâtons et de pierres,

dont on cherchoit à la frapper. Les injures dont on l'a
accablée l'ont accompagnée jusqu'à son entrée dans la
prison [1]. »

Il était onze heures et demie du matin, lorsque les
portes de la maison d'arrêt se refermèrent sur Madeleine
Albert. Ce même jour, à quatre heures du soir, le magistrat d'accusation lui faisait subir son premier interrogatoire. M. Chocheprat-Dumouchet allait trouver devant
lui une accusée armée pour la discussion. Voici, en effet,
d'après le procès-verbal d'interrogatoire, la substance et
le sens des déclarations qu'elle fit à ce magistrat :

Le matin du 13 janvier, elle était allée à la messe. De
retour à la maison, elle s'était occupée à de menus travaux de défrichage dans le jardin. L'après-midi, elle avait
récité son chapelet. Elle était présente, le soir, vers cinq
heures, lorsque son père rentra de Gannat, en état
d'ébriété. Personnellement, elle ne lui adressa aucune
observation ; mais sa mère lui reprocha vivement la vente
qu'il avait consentie à Richard. « Tous les ans, lui aurait-
elle dit, tu vends quelque chose ; l'année dernière, tu as
tué la vache ; si cela continue, il ne nous restera plus
rien pour vivre. » A quoi Albert aurait répondu : « Cette
année-ci, je tuerai bien autre chose ! » Puis, excédé par
les remontrances de sa femme, il avait pris un « épieu »,
l'en avait menacée et avait assommé la petite Anne, qu'il
était allé ensuite jeter dans le puits. Alors, Albert et sa
femme en étaient venus aux mains, « s'étaient pris par les
cheveux » et battus réciproquement, avec fureur. Affolée,

1. Archives départementales, série T, non classée.

Madeleine était sortie dans la cour en criant : « Miséricorde !... au secours !... » Et quand, accompagnée des voisins accourus à ses appels, elle était rentrée à la maison, elle avait trouvé son père étendu par terre, près de la cheminée, et sa mère couchée sur son lit...

Le magistrat lui fit remarquer l'invraisemblance d'un pareil système de défense, la mit en présence des charges accablantes portées contre elle : Madeleine nia tout, obstinément, avec une grande énergie, alléguant qu'elle était « incapable de se livrer à de pareilles extrémités ». A cette objection qu'elle ne devait avoir aucune raison de prendre la fuite si, comme elle l'affirmait, sa conscience était à l'abri de tout reproche, elle répondit que le voisin Rigaud lui ayant dit en la voyant pleurer : « Ote-toi de là, laisse-nous tranquilles ! » elle était partie « comme une bête » !... L'argent trouvé en sa possession ?... elle nia l'avoir pris dans l'armoire et affirma qu'il provenait de son « gagne » chez Daise, cabaretier, et de la vente de quelques paires d'oies et de poulets. Les traces de sang relevées sur son mouchoir de col ?... elles provenaient d'une égratignure que lui avait faite le chat de la maison, le samedi 12. Le sang sur son tablier ?... c'était avec ce tablier qu'elle avait essuyé cette égratignure. Le sang sur ses sabots ?... elle n'osa en accuser le chat et déclara en ignorer l'origine. Quant aux accusations précises et catégoriques portées contre elle par son frère, elle affirma qu'il n'y fallait attacher aucune importance : « Mon frère, ajouta-t-elle, est un enfant qui ne sait ce qu'il dit, tandis que moi je sais ce que j'ai à dire. » Elle eut réponse à tout, comme on vient de le voir.

C'est sur ces mots que prit fin ce premier interrogatoire.

Poursuivant son information, M. Chocheprat-Dumouchet procédait, le 28 janvier, à l'audition des huit témoins désignés par le substitut magistrat de sûreté, dans son réquisitoire du 16 du même mois. Les déclarations de ces témoins furent accablantes pour l'accusée, dont elles soulignèrent le cynisme en face de ses victimes. « Elle passait et repassait incessamment dans les jambes de son père, sans la moindre apparence d'émotion », s'accordèrent à dire les consorts Rigaud, que les appels de Madeleine avaient surpris, alors que leur fille cadette leur faisait « au coin de l'âtre, la lecture de l'Evangile ».

Le 31, nouvelle audition de huit autres témoins : François Parait, François Rousse, Jean David, lesquels, requis par le maire à l'effet de rechercher l'assassin, avaient battu en vain le pays jusqu'à trois heures du matin ; les époux Richard, Gilbert Larbin, Pierre Chocheprat et Antoine Dupré. Ce dernier rapporta que, le 13 janvier, à cinq heures et demie du soir, il s'était rendu chez Amable Albert pour lui remettre, de la part de Richard, une somme de 2 fr. 25 représentant le reliquat du prix de vente de la pièce de terre. Il arriva au moment où la famille Albert venait de manger la soupe. Albert était en train de se disputer avec sa fille aînée, qui lui reprochait d'être une « mauvaise caution », et ajoutait, un moment après, « qu'il n'avait jamais rien valu et ne vaudrait jamais rien ». A ces outrages, Albert avait répondu par deux coups de bâton appliqués sur le dos de Madeleine, qui, sur l'ordre de son père, s'était alors retirée vers son lit. Le témoin était parti après cette scène ; une heure plus tard, il apprenait l'extermination de la famille Albert...

Ayant ainsi complété et fortifié les premiers éléments de son information, M. Chocheprat-Dumouchet faisait, sans désemparer, amener à son cabinet l'accusée, à laquelle il allait imposer un second interrogatoire, qui devait être décisif.

Entre temps, en effet, un fait important s'était passé, que nous trouvons ainsi consigné dans le mémoire de Dufour :

« La déposition de tous les témoins était unanime sur les faits rapportés par le fils Albert, mais aucun de ces témoins n'avait vu commettre le crime. La preuve n'en reposait donc que sur les révélations de cet enfant. Tout homme prévenu en faveur de Madeleine pouvait croire qu'une terreur subite avait bouleversé le cerveau du jeune Pierre, comme celui de sa sœur, la malheureuse Gilberte, tombée dans un état bien réel d'aliénation mentale. Si la vérité se montrait à des yeux assez clairvoyants pour saisir l'ensemble de l'affaire, à ceux d'un juré scrupuleux mais sans pénétration, elle ne se présentait donc qu'environnée de quelques nuages, et le coupable pouvait échapper.

« Eh ! bien, c'est de Madeleine même que devait partir le surcroît de lumières nécessaires pour les dissiper...

« ... Après un système de dénégations si artificieusement ourdi, dans l'intervalle du 22 au 28 janvier, M. le curé de Biozat — peut-être l'abbé F.-C. Bougarel,

nommé desservant de cette paroisse en 1802[1], — qui
craignait avec beaucoup d'autres que l'issue de la procédure ne tournât à l'avantage de l'accusée, se détermina
à visiter cette misérable, dont le cœur d'acier avait résisté
aux avertissements que Dieu lui-même semblait lui avoir
adressés par son ministère : « Comment, lui dit-il, dans
« les transports de son indignation, avez-vous pu vous
« souiller du plus énorme des forfaits ?... C'est en vain que
« vous employez le mensonge et la ruse pour échapper à
« la justice humaine. La preuve de votre crime est évidente
« et bientôt vous n'aurez plus rien à démêler avec les habi-
« tants de la terre... Il ne vous reste de ressource que dans
« la miséricorde du Créateur... Au lieu de chercher à
« tromper vos juges, hâtez-vous de leur faire l'aveu de
« vos attentats et d'en demander publiquement pardon à
« Dieu... Voilà les seuls moyens à votre disposition pour
« fléchir la colère de Dieu et des hommes, pour éviter les
« châtiments qui vous sont préparés... Vous êtes perdue à
« jamais si vous négligez d'en profiter ! » Ici, Madeleine,
égarée par l'espérance, fait l'application à cette vie de ce
qui n'avait de rapport qu'à la vie future. La prédiction de
la bohémienne put encore contribuer à lui faire prendre
le change. Elle lui promettait qu'elle pourrait sortir de
peine avec beaucoup de prières... Dès ce moment,
l'hypocrite espère positivement qu'elle sauvera son
existence par l'aveu sincère de son crime... Laisserait-
elle échapper un moyen si facile ?... Non, sans doute.

1. Abbé Joseph Clément : *Le Personnel concordataire dans le
département de l'Allier*, pp. 118 et 10.

Elle se détermine donc sur le champ à s'avouer coupable en présence de son pasteur, et lui promet de tout déclarer dans son prochain interrogatoire... Elle était si bien convaincue que c'était de sa vie terrestre qu'il avait entendu lui parler, qu'elle n'hésita point à le prier d'intercéder pour elle auprès de MM. les juges. »

Peut-être le curé de Biozat s'aperçut-il de l'erreur de Madeleine... Mais appartenait-il à un ministre de la vérité de s'opposer en un cas aussi grave à ce qu'elle parût dans tout son éclat ?...

Dès le début de son interrogatoire du 31 janvier, Madeleine Albert entra dans la voie des aveux.

« — Les faits que vous me reprochez sont vrais, déclara-t-elle. Je vais vous les raconter tels qu'ils se sont passés. Je ne sais comment j'ai pu me porter à de pareils excès ; je suis bien repentante et demande fermement pardon à Dieu et aux hommes. »

Et, ayant ainsi répondu aux vœux de son pasteur et soulagé sa conscience, elle fit le récit suivant :

« Sur l'ordre que, après la scène que nous avions eue ensemble, mon père m'intima, j'allai me mettre sur mon lit sans me déshabiller. Mon père, ma mère, avec mon frère et mes deux sœurs, étaient assemblés devant le feu. Au bout d'un moment, je descendis du lit à bas bruit, pris une hache déposée sur un coffre, m'approchai de la cheminée et frappai mon père à la tête. Je ne sais pas si ce premier coup le renversa. Ma mère s'étant levée pour le secourir, je la frappai à son tour à la tête. Elle tomba. Dans l'égarement qui s'empara de moi à ce moment, je leur portai successivement plusieurs coups, à l'un et à l'autre, indistinctement, sur la tête. Mon père mourut sur le champ. Je crus aussi ma mère morte. Ma sœur Gilberte, saisie de frayeur, se retira dans un coin. Ma plus jeune sœur faisait des cris et pleurait beaucoup ; je la poussai avec la hache et la renversai près du lit. A cet instant, mon frère prit la fuite ; je le rappelai, mais il ne m'entendit pas ou ne voulut pas m'entendre. Alors, revenue à la maison, je fus à ma sœur âgée de neuf ans et lui portai deux coups du talon de la hache. La croyant morte de ces coups, je la laissai. Puis, je pris dans mes bras ma petite sœur, qui criait toujours, et fus la jeter dans le puits. Ensuite, voyant que ma mère respirait encore, je la portai sur son lit, ainsi que ma sœur Gilberte, que je mis à ses pieds. A ce moment, survinrent Rigaud, sa femme, sa fille et Richard, à qui je dis : « Il est arrivé « un grand malheur dans la maison ; mon père et ma « mère se sont tués tous les deux et ont jeté ma petite « sœur dans le puits. » Sur une observation de la femme Rigaud qu'il était impossible que mes parents se fussent aussi cruellement maltraités l'un l'autre, et craignant que le maire n'arrivât, je pris l'argent qui était dans l'armoire, se montant à 60 francs, je fis un paquet de mes vêtements, sortis de la maison et m'enfuis... »

A cette question du magistrat : « Quels motifs aviez-vous de perpétrer des crimes aussi horribles ? » Madeleine Albert déclara ne pas être en mesure de répondre.

« Ce que je puis vous dire, ajouta-t-elle toutefois, c'est que j'avais tiré récemment ma bonne aventure et qu'elle m'avait prédit qu'il arriverait dans la maison un grand désordre. C'est Dieu, sans doute, qui a permis qu'il en soit ainsi ; ce sont là des choses qui devaient arriver ; mais je m'en tirerai avec beaucoup de prières. »

Tels furent les aveux amenés par les exhortations du curé de Biozat et au moyen desquels l'accusée croyait assurer son impunité en simulant un repentir sincère, en cachant les traits qui caractérisaient sa rage réfléchie, inexorable, inextinguible, en s'efforçant de se représenter non seulement comme l'instrument passif d'une puissance irrésistible : la fatalité, mais comme humaine et secourable envers ses victimes, dès qu'elle avait été rendue à son propre naturel.

*
* *

L'instruction de cette horrible tragédie était, dès ce moment, virtuellement terminée. Le 1er février, le mandat de dépôt décerné contre l'accusée était transformé en mandat d'arrêt. Le 2, M. le substitut Baratier dressait l'acte d'accusation contenant l'exposé des faits sur lesquels allait avoir à se prononcer le jury spécial. Le 7, ce jury se réunissait à Gannat sous la direction de M. Chocheprat - Dumouchet. Il était composé de MM. Marc Guillomet, notaire à Chantelle, président ; Jean Rollat, propriétaire ; Gilbert Foucher du Chambon, propriétaire ; Jean-Benoît Poncet, licencié-avoué, tous trois domiciliés à Gannat ; Pracros, notaire à Mayet-d'Ecole ; Perrin Laroche, propriétaire à Villaine ; Christophe Larmeroux, avocat à Saint-Rémy, et Bergeon-Auradoux, propriétaire à Ebreuil.

Après examen des pièces de la procédure, le jury délibéra dans les formes prescrites. Sa déclaration fut, à l'unanimité : « Oui, il y a lieu à accusation. » Séance tenante, le magistrat directeur rendit une ordonnance portant que l'accusée serait extraite de la « maison de dépôt » de Gannat pour être transférée en la « maison d'arrêt » de Moulins. Cet acte d'instruction devait clore la procédure gannatoise, dont les frais, d'après le décompte qui figure au dossier que nous avons consulté, s'élève à la somme de 158 fr. 30 ! En ce temps-là, la justice était beaucoup moins dispendieuse que de nos jours, ce qui ne l'empêchait pas de montrer une célérité que la justice d'aujourd'hui pourrait lui envier.

Le 10 février, s'accomplit le transfert de Madeleine Albert.

« Quand cette coupable est arrivée à Moulins — lisons-nous dans une lettre versée aux Archives départementales[1] — le peuple s'est porté en foule vers la voiture qui la conduisóit. Chacun, en la voyant, a ressenti de l'indignation contre elle ; mais cependant, elle n'a été ni injuriée, ni menacée d'aucuns coups. Les habitants de Moulins ne se livrent jamais aux excès ; ils s'en rapportent au vœu de la loi quand il s'agit d'un criminel, comme pour toute autre chose. Au surplus, la police est, en cette ville, très active à arrêter et même à prévenir le désordre. »

A la prison, Madeleine Albert est reçue par le gardien-chef Emery, des mains du maréchal des logis de gendarmerie Lachaussée, de Gannat, à qui il délivre la décharge d'usage. Le lendemain même, elle est conduite en la

1. Série T, non classée.

chambre d'instruction des procédures criminelles pour y subir, de la part de M. Vernin, président de la Cour de justice, l'interrogatoire définitif. Cet interrogatoire a lieu à onze heures du matin, avec l'assistance de M. Boussac, greffier en chef.

L'accusée déclare ne savoir lire ni écrire. Elle renouvelle ses aveux, sans en rien retrancher, sans y rien ajouter. Elle prétend ne pas pouvoir s'expliquer comment elle a pu commettre des « actions aussi abominables ». Le magistrat lui présente la hache qu'on a retirée du puits : elle dit être incapable de reconnaître si c'est celle dont elle s'est servie, ou une autre. Elle se défend d'avoir eu, en courant après son frère pour l'appeler et le décider à revenir à la maison, l'intention de l'attirer dans un guet-apens. M. Vernin étale devant elle les 59 livres 16 sols — presque tous en tournois — trouvés en sa possession lors de son arrestation : elle reconnaît que cet argent est bien celui qu'elle a pris dans l'armoire de ses parents. Il place ensuite sous ses yeux son mouchoir de col, son tablier de toile, ses sabots, où l'on a relevé des traces de sang : elle les reconnaît pour siens, mais affirme ignorer l'origine de ce sang.

L'interrogatoire est terminé. Avant de renvoyer l'accusée dans sa cellule, le magistrat l'informe qu'il lui a désigné pour l'assister devant le jury, Mᵉ Huet, avoué-avocat. Puis, dans le but de s'assurer qu'elle ne se trouve pas dans une situation exceptionnelle susceptible d'empêcher l'exécution de la sentence capitale dont elle est menacée, M. Vernin commet à l'effet de l'examiner le médecin et le chirurgien de la prison. Cette visite a lieu le 12. Le résultat en est négatif : l'accusée n'est pas enceinte.

* *

Dans sa cellule, Madeleine Albert se berce des mêmes espérances en l'impunité. Sans doute ces espérances se fussent prolongées jusqu'au moment de sa condamnation sans les communications qu'elle eut avec d'autres criminels qui avaient éprouvé à leurs dépens l'inflexibilité de la loi et sa marche absolument invariable. Ils ne tardèrent pas, en effet, à lui ouvrir les yeux sur l'énormité de son forfait et sur les conséquences inévitables de ses aveux. Dans sa quiétude d'esprit, cette révélation passa comme un éclair sinistre ; toutefois, son astuce n'en fut aucunement déconcertée. « Quoi, se dit-elle, j'ai fait des aveux ; eh ! bien, je n'ai qu'à les retirer ! » Et, dès ce moment, elle se résout à revenir à ses dénégations premières et imagine un conte ridicule dont, ainsi que nous le verrons plus loin, elle cherchera à tirer parti au jour de son jugement.

Ici, citons encore ces faits rapportés par Dufour, d'après le concierge de la prison :

« Madeleine Albert était dans ces dispositions d'esprit, lorsqu'un particulier se hasarda à lui demander si, du moins, elle éprouvait quelque repentir. « Je ne puis « éprouver de repentir, lui répondit-elle, puisque je n'ai « point tué mes parents ; mais, ajouta-t-elle avec un air de « commisération infernal, je regrette bien sincèrement « leur mort... Tout enfant bien né ne doit-il pas des « regrets à ses père et mère ?... »

« Malgré la révélation que venaient de lui faire les prisonniers, révélation si terrible, si propre à l'éclairer sur le sort qui l'attendait, Madeleine continue à se montrer dans un état de tranquillité vraiment inconcevable. Soigner sa parure, dire son chapelet ou lire dans ses heures [1] et filer sa quenouille, telles sont les occupations auxquelles elle se livre habituellement. Elle recevait d'un air doucereux et patelin les personnes qui lui fournissaient l'occasion de gagner quelque argent par son travail, mieux encore les étrangers qui lui faisaient quelques largesses. Enfin, dans une maison qui dévore ses habitants, elle vécut avec tant de sécurité qu'elle y reprit de la fraîcheur et de l'embonpoint. »

Le 11 février, a lieu la formation du tableau des jurés et adjoints de la session spéciale qui auront à juger l'accusée. Le jury de jugement ne comprenait à cette époque, nous l'avons dit, que douze jurés titulaires et trois adjoints. Le sort désigna comme jurés MM. Jean-Baptiste Delarue, receveur d'enregistrement à Souvigny, chef du jury ; Jacques Papon des Varennes, propriétaire à Gannat ; Antoine Buffault, notaire à Ainay ; Charles-Nicolas Moitié, notaire à Franchesse ; Villatte Coutine, propriétaire à Montluçon ; Guillaume Brossard, propriétaire à Neuilly-le-Réal ; Gilbert Fourestier, receveur de l'enregistrement à Hérisson ; Fortuné de Labesse, propriétaire à Broux ; Chapelle, officier de santé à Saint-Pourçain ; Philibert Trocézard, propriétaire au Donjon ; Antoine

---

1. Nous venons de voir que, dans son interrogatoire du 11 février, Madeleine Albert a déclaré ne savoir ni *lire* ni écrire.

Choussy, propriétaire à Rongères ; Alarose de la Charnée, propriétaire au Veurdre.

Les trois jurés adjoints furent MM. Grenet-Devillers, propriétaire à Hérisson ; Georges Boucaumont, propriétaire à Blomard, et André Foucher, marchand à Lapalisse.

*
* *

Nous voici au jour du procès. Le 23 février s'assemble la cour de justice criminelle.

« Le jour du jugement de la coupable, la foule a été encore très grande, et, sur ses pas et dans la salle du tribunal, on vouloit voir, on vouloit entendre un monstre capable de tant de crimes, de crimes aussi affreux ! Comment, se disoit-on, une fille de corpulence médiocre a-t-elle pu égorger *(sic)*, de sang-froid, son père, sa mère et ses deux sœurs? On trouvoit que, sans mutilation préalable, la peine de mort étoit trop prompte et trop douce pour un tel monstre ; on regrettoit que le nouveau code pénal ne fût pas mis en activité et que, par conséquent, la coupable ne dût pas subir une peine proportionnée au nombre et à la gravité de ses forfaits[1]. »

Quant à Madeleine Albert, après s'être parée de son mieux dès son lever, elle s'avance d'un pas mesuré, se balançant mollement, relevant avec soin le bas de sa robe, évitant le moindre mauvais pas. On eût dit, en voyant sa contenance, qu'un aussi grand concours flattait sa vanité et qu'elle marchait à une fête dont elle devait être le

[1]. Archives départementales, série T, non classée.

principal ornement... Et cependant, dès qu'elle avait paru, des signes d'exécration s'étaient manifestés, des cris d'horreur s'étaient élevés de toutes parts et ne cessaient de se fortifier.

L'audience s'ouvre à huit heures du matin. Dans la salle, on a déployé l'appareil de justice le plus solennel, le plus imposant. Madeleine Albert n'en paraît aucunement intimidée. « Libre et sans fers », elle s'assied, passe sa main gauche sous son coude droit, se cache un côté du visage avec sa main droite, et attend qu'on veuille bien s'occuper d'elle...

Au siège s'installent MM. Pierre-Joseph Vernin, président ; J.-B. Dufloquet et Pierre-Lazare Bequas, juges assesseurs ; Robert-Antoine Gontier, procureur impérial ; Boussac, greffier. Il est aussitôt procédé à l'appel des jurés, dont le nombre se trouve incomplet par suite de l'absence de MM. Fortuné de Labesse, « récusé comme n'ayant pas l'âge requis par la loi » ; Trocézard, Alarose de la Charnée et Georges Boucaumont, « tous trois valablement excusés ». En présence de l'accusée et du public, il est procédé à leur remplacement. Sont désignés : MM. Jémois-Ponay, propriétaire ; Bardonnet-la-Toule, propriétaire ; Boyron fils, chirurgien, et Franque, inspecteur des domaines et des droits d'enregistrement à Moulins. Ainsi définitivement constitué, le jury de jugement est installé et invité à prêter le serment d'usage.

Le président procède à l'interrogatoire d'identité de l'accusée, qui répond à ses questions, sans la moindre émotion, d'une voix peu élevée, mais aigre et désagréable. Puis lecture est donnée de l'acte d'accusation, ainsi que de la lettre du maire de Biozat et du procès-verbal d'arrestation qui y sont annexés. Les témoins, au nombre de treize, sont ensuite entendus. Ce sont : Benoît Cognat, propriétaire à Biozat, 69 ans ; Julien Daise, cabaretier à Biozat, 37 ans ; Jacqueline Courre, femme à Jacques Chanteboud, fermier à Fontnoble, commune de Brugheas, 38 ans ; Antoine Lanier, locataire à Bois-Garrot, 59 ans ; Claude Rigaud, laboureur au même lieu, 54 ans ; Etienne Larbin, femme du précédent, 46 ans ; Amable Rigaud, 21 ans, et Anne Rigaud, 18 ans, filles des précédents ; Amable Rouderon, épouse de Jacques Richard, propriétaire à Bois-Garrot, 40 ans ; Jacques Richard, propriétaire, mari de la précédente, 50 ans ; Antoine Dupré, laboureur à Bois-Garrot, 26 ans ; Gilbert Larbin, propriétaire à Biozat, 58 ans ; Pierre Chocheprat, fils de Michel, propriétaire à Biozat, 19 ans.

A l'audition des témoins, la plus grande conformité règne entre les dépositions orales et les dépositions écrites ; quelques faits seulement y reçoivent plus de développement. Le langage de chacun d'eux est précis et animé. A la force de leurs expressions, à l'indignation peinte sur leurs visages, indignation partagée par tout l'auditoire et dont le respect pour la justice a peine à tempérer les mouvements, Madeleine comprend bientôt que l'on est loin de pencher vers l'indulgence. Elle se hâte d'opposer aux dépositions les dénégations les plus opiniâtres. « Je n'entends rien à toutes ces affaires... tout cela n'est pas vrai... je ne suis pas consentante... » Voilà ce qu'elle ne cesse de répéter en élevant ses deux mains à la hauteur du front et en les ramenant ensuite de devant en arrière, comme si elle voulait parer et repousser loin d'elle les traits de lumière qui l'accablent et la montrent dans toute son épouvantable turpitude.

Claude Rigaud est, de tous les témoins, celui qui, malgré qu'il ne fasse usage que de son patois, s'exprime avec le plus d'énergie. Il semble qu'il ait encore sous les yeux l'affreuse scène dont il vient de faire la description. Le visage de l'accusée s'empourpre de colère, son regard est farouche et menaçant.

« Tout cela est absolument faux, s'écrie-t-elle d'une voix plus forte et plus aigre. Ce sont là des mensonges inventés par des gens qui désirent ma perte... Je ne consens pas à toutes ces affaires-là ! »

C'est ici que Madeleine use de l'imposture qu'elle a imaginée dans sa prison comme un moyen suprême d'échapper au juste châtiment de ses crimes. Citons, d'après Dufour, ce passage de l'interrogatoire :

« LE PRÉSIDENT. — Accusée, votre dénégation est ridicule ; elle ne peut vous servir de rien ; vous êtes convenue de tous les faits dans vos interrogatoires du 11 février et du 31 janvier précédents.

« MADELEINE. — Il ne faut y avoir aucun égard ; c'est la pure vérité que je vous dis à présent.

« LE PRÉSIDENT. — Vous avez dit, dans votre premier interrogatoire, celui du 22 janvier, qu'il n'y avait aucun étranger à la maison. Quel autre que vous peut donc avoir commis cette série de forfaits ?...

« MADELEINE. — C'est un grand homme de mauvaise mine qui entra tout à coup dans la maison... Il avait un large chapeau... Il était enveloppé d'un grand manteau gris et portait sous son bras un long instrument dont je n'ai pu distinguer la forme... Je n'en ai pas vu davantage, parce que j'ai pris la fuite pour aller appeler au secours...

« Le Président. — Quoi ! c'est cet homme à grand chapeau et à manteau gris qui a tout fait ?... Et vous avez dit dans votre premier interrogatoire que c'étaient votre père et votre mère qui s'étaient entretués, et que votre père avait jeté votre petite sœur dans le puits !

« Madeleine. — Oui, monsieur, c'est cet inconnu qui a tout fait... Ce que je vous dis maintenant est absolument vrai... Je sais comme vous qu'il y a une éternité et que nous avons tous une âme à sauver... »

(Ici — note M. Dufour, témoin attentif et scrupuleux de ces débats sensationnels qui inspirèrent à la fois sa plume et son crayon, également habiles à traduire les impressions et les nuances — « un murmure sourd se fait entendre dans tout l'auditoire ; on y remarque sur tous les visages le sourire de l'indignation ».)

« Le Président. — Mais ce sang répandu sur différents effets à votre usage ?... Ce sang élève sa voix contre vous !...

« Madeleine. — Le sang que vous voyez sur mon mouchoir et mon tablier provient de l'égratignure d'un chat ; quant à celui répandu sur mes sabots, vous ne devez l'attribuer qu'aux incommodités de mon sexe... »

Il devenait inutile de prolonger une scène aussi fatigante. Aussi bien, dans aucune affaire les dépositions des témoins n'avaient été plus unanimes, la culpabilité de l'accusée plus nettement établie. On pensa donc pouvòir mettre fin aux débats. Que se passa-t-il alors ?

Sur la foi d'une affirmation de Théodore de Banville, nous avions toujours cru qu'un tournoi oratoire d'une puissance tragique s'était élevé entre l'accusation et la défense ; nous étions demeuré convaincu que ce procès avait fourni au grand-père maternel du poète, Mᵉ Huet [1], l'occasion d'une de ses plus pathétiques plaidoiries. Et comment n'aurions-nous pas pris cette affirmation pour argent de bon aloi, quand nous voyions l'illustre écrivain moulinois vanter ainsi dans ses *Souvenirs* [2], la chaleur, le talent, la sublimité, en un mot, dont son aïeul avait fait preuve en cette mémorable circonstance ?...

« En ce temps-là, écrivait-il, les avoués plaidaient, et mon grand-père était doué d'une si haute pensée, d'une parole si persuasive, d'une éloquence si entraînante, qu'il

1. Jean-Baptiste Huet, grand-père maternel du poète moulinois, était juge à Paris, au tribunal du 4ᵉ arrondissement, vers 1793. Nommé administrateur du district de Cérilly en germinal an III, il fut successivement commissaire du pouvoir exécutif près l'administration municipale du canton d'Ainay, puis administrateur du département de l'Allier. Il exerçait ces fonctions au moment de son mariage, qui eut lieu le 25 nivôse an VI. Trois ans plus tard, le 23 vendémiaire an IX, il fut nommé avoué et obtint quelque notoriété oratoire en ce temps où les avoués plaidaient au civil et au criminel. Sa famille, peut-être originaire de la Nièvre, exerçait des fonctions publiques dans le bourg d'Ainay-le-Château, depuis une cinquantaine d'années : son grand-père avait été lieutenant de police à Ainay ; son père, juge de paix de ce canton au début de la Révolution. Jean-Baptiste Huet mourut subitement, en 1825.

2. Publiés en 1882 chez Charpentier.

obtint de grands succès dans les affaires criminelles.
Notamment, il défendit cette jeune fille, nommée Madeleine Albert, qui avait assassiné à coups de hache son
père et sa mère et tous ses frères et sœurs, pour s'emparer
d'un sac contenant trois cents francs en écus. Il avait si
bien parlé, qu'il avait contraint même les juges à verser
des larmes, et l'émotion contagieuse s'était répandue
dans toute l'assemblée, lorsque, par malencontre, la seule
survivante du meurtre, la mère de Madeleine, guérie de
ses blessures, adressa au président cette question sau-
grenue et naïve : « M'sieu, si on guillotine ma fille,
j'aurai-t-y ses habits ?... »

L'anecdote est jolie, mais elle n'est que cela. Sous la
plume alerte du brillant auteur des *Odes funambulesques*,
la légende s'est agréablement exercée. L'inexactitude fut,
d'ailleurs — ses mânes ne nous tiendront point rigueur de
ce léger reproche — le péché mignon de Banville, qui,
grisé à l'ordinaire par l'allure vertigineuse de Pégase
l'emportant vers les sommets, empruntait malgré lui, par
habitude, à l'imagination, chaque fois qu'il redescendait
sur le terrain de la prose narrative ou descriptive.

La vérité, c'est que, frappé lui-même par l'énormité
des crimes reprochés à la fille Albert, convaincu de son
impuissance à remonter le courant de réprobation qui
animait tout un peuple contre elle, Me Huet renonça à
la parole, tout uniment, quoi qu'il en coûtât à sa conscience d'avocat et aussi à son ardeur professionnelle qui,
jusqu'alors, n'avait jamais désarmé. Ce fait nous est
affirmé à la fois par M. Dufour, qui constate que le
défenseur déclara « s'en rapporter simplement à la pru-

dence de la Cour », et par le président lui-même qui, dans son « résumé [1] », fait état du « silence honorable » dans lequel l'avocat de Madeleine Albert se tint volontairement.

Nous avons trouvé à la Bibliothèque municipale le texte de ce « résumé », imprimé à Moulins chez Place et Bujon. Il nous a paru intéressant de le reproduire ici pour donner au lecteur une idée de ce genre de discours, au tour archaïque et original, où la justice, sans rien perdre de son caractère auguste, obéit aux mouvements impérieux de son indignation :

« *Discours de M. Pierre-Joseph VERNIN, président de la cour de justice criminelle du département de l'Allier, prononcé le 23 février 1811, à la séance où a été jugée Madeleine Albert, doublement parricide et doublement fratricide.*

« EXPOSITION

« Messieurs,

« Qu'il est affligeant pour ce département de fournir aux annales judiciaires, le plus abominable des crimes !... Dans l'immense nomenclature des produits de la perversité humaine, il n'y a peut-être pas d'exemple d'un forfait aussi complètement exécrable que celui qui nous est soumis.

1. Discours que le président d'une cour d'assises prononçait autrefois après la clôture des débats, et dans lequel il rappelait, en les condensant, les charges de l'accusation et les moyens de la défense. Ce résumé, qui prenait trop souvent l'apparence d'un réquisitoire, a été supprimé par la loi du 19 juin 1881.

« Le dimanche, treize janvier dernier, entre cinq et six heures du soir, dans une maison de la commune de Biozat, Amable Albert aurait été frappé, à la tête, d'un coup de hache (vulgairement appelée cognée), qui l'aurait étendu sur le carreau ; immédiatement après ce premier coup, Claudine Beaujard, épouse dudit Albert, aurait pareillement été frappée et renversée d'un coup de la même hache... Plusieurs coups du fatal instrument auraient été portés alternativement et de suite, tant sur la tête d'Albert, que sur celle de sa femme ; en telle sorte qu'il a été juridiquement constaté qu'Amable Albert avait reçu à la tête six violens coups d'un instrument tranchant, et que la tête de Claudine Beaujard présentait aussi les fractures pénétrantes de trois coups d'instrument tranchant... Albert est mort tout de suite après avoir été frappé. La mort de sa femme, arrivée peu de jours après, a été une suite inévitable des coups qu'elle avait reçus.

« Toujours dans la même soirée, et par continuité de forfaits, Gilberte Albert, âgée de neuf ans, aurait été frappée de deux coups d'instrument contondant (savoir la partie postérieure de la hache); cette fille est restée grièvement mutilée, et sa guérison est plus que douteuse...

« Enfin, Anne, la plus jeune des filles Albert, âgée seulement de quatre ans, après avoir été rudement repoussée et meurtrie de coups contondans, aurait été jetée dans un puits... On l'en a retirée avec quelques signes de vie ; mais trois quarts d'heure environ après, elle rendit le dernier soupir.

« De tels crimes, incroyables jusqu'à ce jour, sont imputés à la fille et sœur des victimes.

« Madeleine Albert, ici présente, vous, la fille de Amable Albert et de Claudine Beaujard ; vous, la sœur de Anne et de Gilberte Albert, êtes donc accusée d'un double parricide et d'un double fratricide ?... •

« RÉSUMÉ

« Messieurs les jurés spéciaux de jugement,

« Si la loi pouvait s'écarter de son impassibilité, si les organes de la loi pouvaient sortir du calme de leurs fonctions, jamais il n'y eût d'occasion plus pressante de se livrer aux emportemens de l'indignation.

« Elle est, elle devrait être générale, cette indignation ; mais, sans la désapprouver au fond, il appartient à la justice de la régulariser dans ses efforts, et d'en arrêter les mouvements trop impétueux.

« Le parricide est, de tous les crimes, le plus affreux ; un crime à placer hors de la nature ; et nous manquons en ce moment d'expression pour rendre la situation accablante d'un double parricide et d'un double fratricide.

« Dans l'ordre matériel, un monstre est une exception à la commune existence ; dans l'ordre moral, Madeleine Albert est une exception à l'état de civilisation, et même de simple nature.

« Un voile noir couvre un parricide allant au supplice, sans doute afin de l'isoler des créatures avec lesquelles il ne doit plus avoir de rapport... J'aurais voulu pouvoir étendre ce voile sur les tableaux lugubres et déchirans du procès ; mais la loi exige de moi un résumé de l'examen et des débats qui viennent d'avoir lieu.

« En m'acquittant, messieurs, de ce pénible devoir, le cadre des idées à vous soumettre sera très resséré ; je me bornerai à des résultats rapides pour ne pas affaiblir les impressions immanquablement faites par ce que vous avez vu et entendu.

« Autant ce qui est à juger est révoltant pour les âmes même les plus froides, autant les preuves se présentent avec évidence.

« Il est hors de doute qu'Amable Albert ; Claudine Beaujard, son épouse ; Anne Albert, leur plus jeune fille, ont été homicidés dans la maison qu'ils habitaient ; qu'il y a eu homicide non consommé envers Gilberte Albert, tellement frappée et mutilée, qu'elle est toujours en danger ou de mourir, ou de vivre dans les infirmités.

« La conviction atteint pleinement l'accusée Madeleine Albert, pour être celle qui a tué son père et sa mère à coups de tranchant d'une hache... pour être celle qui a fait mourir sa plus jeune sœur en la jettant dans un puits... qui a enfin frappé et grièvement mutilé son autre sœur.

« Un intérêt, bien louable pour l'humanité, s'était d'abord plû à répandre qu'il devait y avoir désorganisation dans l'auteur de tant de faits exécrables ; mais l'instruction et les données du procès sont totalement contraires aux présomptions de démence.

« Messieurs, les grands crimes sont produits par

l'impulsion des grandes passions, et plus la passion est violente, plus les effets en sont extraordinaires, sans qu'il y ait nécessité de les attribuer à la folie.

« Il ne suffit pas qu'une action, sortant de la classe commune, soit susceptible de paraître insensée sous certains rapports, pour en induire que celui qui l'a commise était privé de l'usage de la raison.

« Pour imputer une action à démence, il faut que son auteur ait été dans un dérangement de facultés capable de le priver du discernement, parce qu'alors il n'aurait pas été libre de choisir de faire ou de ne pas faire.

« Madeleine Albert ne fut jamais dans un tel cas ; il est même démontré que ses forfaits ont été volontaires et prémédités.

« Je réclame, à cet égard, encore un peu de patience et une attention soutenue.

« Les débats ont dûment établi que depuis long-tems Madeleine Albert manquait de respect à ses père et mère ; que la piété filiale, étouffée dans son cœur, avait fait place à des sentiments de haine très prononcés... Toutes ses dispositions étaient mauvaises et sinistres, lorsque, dans la fatale soirée, elle reprocha scandaleusement à l'auteur de ses jours, d'avoir vendu un morceau de terre.

« Les représentations de ce malheureux père, pour la rappeler à son devoir, étant mal reçues, il écarta sa fille de ses côtés, avec un léger bâton.

« Alors les noires combinaisons du crime occupèrent seules une âme déjà fermée aux impressions touchantes de la bonne nature.

« L'accusée va à son lit où elle se couche sans se déshabiller ; un quart d'heure environ après, elle est debout ; elle s'avance en évitant de faire du bruit, et, munie d'une hache prise derrière un coffre, elle porte, sur la tête de son père, un coup du tranchant de cette hache... A peine est-il renversé, qu'elle étend sa mère d'un coup du tranchant de la même hache.

« C'est ainsi qu'en frappant promptement et alternativement, ces deux victimes furent réduites à l'impuissance de se défendre et de se secourir contre un monstre qui leur porta plusieurs autres coups successivement répétés.

« Trois enfans étaient alors dans la maison ;... leur présence et leurs cris sont un reproche et une inquiétude insupportable pour la furie Albert... et la voilà livrée de suite à d'autres crimes, plus faciles que les premiers, et qui peuvent lui être utiles.

« Toujours armée de la hache meurtrière, elle frappe, mutile sa sœur Gilberte, âgée de neuf ans, et la laisse pour morte sous un lit... Elle frappe aussi son autre sœur Anne, âgée de quatre ans, et la jette dans un puits.

« Il restait encore un jeune frère, âgé de douze à treize ans, qui, tout effrayé, échappe à la mort par la fuite : en vain l'accusée l'appelle, en lui disant qu'elle ne lui fera pas de mal ; en vain elle veut l'attirer par de flatteuses promesses... l'enfant est conservé par un effet de la Providence, qui a voulu que la justice arriva *(sic)*, avec toute certitude, à la pleine connaissance des forfaits les plus monstrueux.

« L'accusée était au milieu de ses victimes, lorsque des voisins se présentent... Elle est la première à déplorer le sort de sa famille... On administre des secours à la mère et à la fille Gilberte, qui respiraient encore... On questionne enfin cette accusée, et, pour comble d'horreur, elle a le sang-froid de répondre que son père et sa mère se sont battus à mort, que c'est à eux seuls qu'il faut imputer tous les crimes dont cette habitation offre l'épouvantable spectacle.

« Au surplus, la pensée se refuse à suivre tant de calculs en scélératesse, lorsqu'il est annoncé que Madeleine Albert, pour donner le change et se faire un moyen à décharge, aurait trempé dans le sang de son père, un épieu (long morceau de bois) qu'elle plaça près de son cadavre palpitant.

« Cependant au premier mot qui fut proféré d'aller avertir le maire de la commune, Madeleine Albert a la précaution de retirer beaucoup d'effets à son usage, de prendre soixante francs environ d'argent qui étaient dans une armoire, et ainsi nantie, elle s'échappe, marchant la nuit, se cachant le jour, jusqu'au moment de son arrestation...

« De tels résultats, messieurs, font évidemment ressortir les caractères d'une absolue criminalité.

« On aperçoit bien l'effervescence d'une passion qui a mal calculé les chances qu'elle courait ; mais on reconnaît aussi l'action de la volonté, avec l'atrocité des moyens. Les combinaisons de la haine et de la plus profonde scélératesse sont à découvert.

« Disons donc hautement que l'évidence des crimes

est complette... Qu'il y a eu, de la part de l'accusée, réflexion avant de les commettre, cruauté inouïe dans l'exécution, audace après la consommation.

« Tantôt l'accusée s'est renfermée dans une dénégation opiniâtre, qui ne peut lui être aucunement profitable, tantôt elle a fait des aveux même détaillés dont nous n'avions pas besoin : les charges sont ici surabondantes... Aucune atténuation n'a été proposable... et tout, jusqu'au silence qui honore le défenseur appelé par la loi, nous fournit une entière et indubitable conviction.

« Voilà, messieurs, ce que mes fonctions ont rendu indispensable de vous dire sur la plus horrible des accusations... Je l'abandonne maintenant à vos consciences... Le devoir et l'intérêt social vous pressent d'arriver à une décision affligeante, mais nécessairement affirmative, sur toutes les questions qui vont vous être posées.

« Les lois pénales sont plutôt répressives que vengeresses ; mais, pour des crimes aussi atroces, une vengeance légale est toute naturelle. »

Les débats furent clos à midi et demi. Les jurés se retirèrent pour délibérer. L'accusée fut conduite dans une salle voisine. On serait peut-être tenté de croire qu'elle y demeura immobile et glacée d'effroi ? Non. Elle commence par s'y repaître avec avidité du déjeuner qu'on lui avait préparé. La bouche pleine, elle s'entretient avec les assistants de choses absolument indifférentes ; elle leur répète par forme de conversation le conte absurde dont elle vient de faire usage, et ajoute d'un ton hypocrite « qu'il serait bien malheureux pour elle de payer pour le brigand qui a assassiné toute sa famille... »

Cependant, dans la salle, les témoins sont entourés par le public avide de détails. Ils expriment la douleur que leur a causée la disparition presque complète de la famille Albert. « Hélas ! dit Mme Rigaud, la même qui avait déchiré son mouchoir de col pour étancher le sang de la femme Albert,— hélas ! faut-il que je sois venue déposer contre cette malheureuse qui s'est élevée parmi nous !... Nous avions recueilli ses premières paroles !...» Et un torrent de larmes inondait aussitôt son visage vénérable [1].

La délibération du jury dure exactement une heure. A une heure et demie, les jurés font prévenir le président qu' « ils sont à même de donner leurs déclarations ». Ce dernier délègue M. Dufloquet, l'un de ses assesseurs, qui va recevoir ces déclarations. En sa présence, chacun des jurés formule sa réponse, puis, en témoignage de son opinion prononcée à haute voix, dépose ostensiblement dans les boîtes des boules correspondant à sa déclaration. Le dépôt des boules terminé, les jurés se rassemblent dans la chambre du conseil et là, en leur présence, le juge commissaire fait l'ouverture des boîtes dans l'ordre où ont été posées les quinze questions auxquelles elles correspondent ; les boules sont comptées, les déclarations partielles rassemblées, et la déclaration générale du jury se trouve formée *à l'unanimité*.

L'audience est reprise. Dans la salle, l'émotion est à son comble. Le chef du jury, M. Delarue, se lève et donne lecture de la déclaration « unanime et légale ».

---

1. Détail rapporté par Dufour.

Madeleine Albert est alors introduite. Le président lui donne connaissance du verdict impitoyable qui vient de la frapper. Le procureur général impérial prend ses réquisitions en vue de l'application de la loi. Les juges délibèrent ensuite sur le siège, « à voix basse », et la Cour rend l'arrêt suivant :

« La Cour de justice criminelle du département de l'Allier, étant en séance publique, a, d'après la déclaration du jury spécial de jugement donnée à l'unanimité, qui déclare convaincue Madeleine Albert, fille aînée, âgée de vingt-trois ans, habitante de la commune de Biozat, arrondissement de Gannat, d'avoir homicidé, dans la soirée du 13 janvier de la présente année, entre six et sept heures du soir :

« 1º Amable Albert, son père, à coups répétés de hache ;

« 2º D'avoir frappé, à la tête, de plusieurs coups du tranchant de cette hache, Claudine Beaujard, épouse dudit Amable Albert, desquels coups ladite Beaujard, sa mère, est décédée ;

« 3º D'avoir homicidé, en la jetant vivante dans un puits, Anne Albert, sa sœur, âgée de trois ans *(sic)* ;

« 4º D'avoir maltraité, à coups de hache, et dans l'intention de tuer, Gilberte Albert, son autre sœur, âgée de onze ans *(sic)* ;

« Et d'avoir commis ces crimes volontairement et avec préméditation ;

« Condamné ladite Madeleine Albert à la peine de mort, conformément aux articles 10, 11 et 13 de la 1re section du titre 2 de la seconde partie du code pénal ;

« Et ordonné qu'elle sera conduite sur la place publique de cette ville revêtue d'une chemise rouge, pour y avoir la tête tranchée ;

« Que ladite Madeleine Albert aura la tête et le visage voilés d'une étoffe noire jusqu'au lieu de l'exécution, et qu'elle ne sera découverte qu'au moment où elle sera mise à mort.

« Signé, au registre :

« VERNIN, président ; DUFLOQUET, BEQUAS, juges ;

et BOUSSAC, greffier de la Cour. »

Le président retrace alors à Madeleine Albert la manière impartiale avec laquelle elle a été jugée et tous les moyens mis en œuvre pour parvenir à la conviction de son crime ; et il termine par cette exhortation solennelle, qui fait sensation dans tout l'auditoire :

« La simple privation de la vie est une peine que l'on peut dire douce pour le crime affreux dont vous êtes convaincue. La nature vous repousse... Les créatures vous désavouent... Il ne vous reste plus de rapport qu'avec le Créateur... Puisse le Tout-Puissant substituer le repentir et la résignation à la férocité de votre âme, afin de profiter de ce que peut encore pour vous une religion inépuisable en miséricorde !... »

Tous les regards sont fixés sur la condamnée. Le public, avide de vengeance, s'attendait à la voir fléchir sous le châtiment qui venait de la frapper. Aussi ferme, aussi impassible qu'une statue de bronze, Madeleine Albert n'en est pas même ébranlée. L'espoir de la multitude est complètement déçu. La condamnée n'a pas un murmure, pas un gémissement ; aucune marque d'altération ne se manifeste dans tout son extérieur. Elle se lève et retourne à sa prison, telle qu'elle est venue, du même pas assuré, avec la même gravité, et portant la même attention à la propreté de sa robe et de sa chaussure...

L'audience fut levée à deux heures, au milieu d'une grande et générale émotion. Dans son numéro du jeudi 28 février, le *Bulletin de l'Allier*, « journal hebdomadaire, rédigé par le secrétaire général de la Préfecture » — ne l'oublions pas — publiait cette note laconique qui, pour lui, devait résumer tout le procès :

« Par arrêt de la Cour de justice criminelle de ce département, du 23 de ce mois, Madeleine Albert, bourreau de toute sa famille, dont le crime atroce a retenti dans tout l'Empire, a été condamnée à la peine de mort ; elle s'est pourvue en cassation. »

En effet, le 26 février, c'est-à-dire le troisième jour après l'arrêt de condamnation, le greffier du tribunal se présentait à la prison pour demander à Madeleine Albert si elle entendait se pourvoir en cassation. « Je ne comprends rien à ce que vous me dites-là, lui répondit-elle ; s'il s'agit d'appeler de mon jugement, je vous déclare que telle est ma volonté. » Et cette scène se passe sans qu'on puisse distinguer sur sa physionomie autre chose que l'indice léger d'une inquiétude secrète.

« Dès ce moment, dit encore M. Dufour, elle reprit sa tranquillité et ses occupations ordinaires. Seulement, quatre ou cinq jours après, son père et sa mère lui apparurent en songe, à ce qu'elle dit, lui redemandant leur argent pour nourrir les débris encore subsistants de leur famille. Afin de se débarrasser de leur importunité, elle envoya trois francs au curé pour leur faire dire des messes... Ses parents lui étaient-ils apparus en songe, ou n'était-ce là qu'un nouvel artifice pour faire croire à sa piété et s'attirer la commisération publique ?... En réfléchissant à sa conduite antérieure, cette dernière supposition acquerra tous les caractères d'une certitude... »

L'arrêt de la Cour de cassation ne devait pas se faire attendre. La section criminelle de cette Cour fut saisie du pourvoi de Madeleine Albert à son audience du 14 mars. Le rapport fut présenté par M. Brillat-Savarin, le célèbre gastronome, celui-là même à qui nous devons *la Physiologie du goût*. M. Giraud, avocat général, développa ses conclusions tendant au rejet. La Cour, « attendu que l'acte d'accusation a été dressé suivant le vœu de la loi, que la procédure est régulière et la peine justement appliquée », rejeta le pourvoi.

Le mercredi 20 mars, dans la matinée, notification de cet arrêt est faite à Madeleine Albert.

« Dans quelques heures, lui dit le greffier chargé de cette pénible mission, la tombe où vous avez précipité vos parents va s'ouvrir pour vous-même. Tâchez, du moins, de ne vous présenter à Dieu qu'après avoir donné aux yeux des hommes les preuves les plus touchantes de votre repentir ! »

Madeleine reçoit cette communication sans se départir de son impassibilité, au grand étonnement des personnes présentes. On s'imagine qu'elle n'a point compris la portée de l'allocution du greffier. L'un des gendarmes assistants se charge alors de lui en donner une explication, pour que ne subsiste aucune équivoque dans son

esprit. Alors elle se met à pâlir ; la stupéfaction, la peur
se manifestent sur ses traits ; sa volonté, inébranlable
jusqu'alors, semble fléchir sous ce coup inattendu. Mais
cette défaillance n'est que passagère. Madeleine se
ressaisit presque aussitôt : « Voilà qui est bien surpre-
nant ! » s'écrie-t-elle d'un ton courroucé. Et aussitôt,
elle demande qu'on lui apporte à déjeuner... Elle n'ac-
cepte l'assistance d'un prêtre que pour la forme...

Cependant, Céret — le bourreau départemental de
l'époque — assisté de Guillaume Saulnier et de Jean
Larbot, ses aides, a dressé l'échafaud sur la place des
Lices — aujourd'hui place d'Allier — lieu des exécutions
capitales, qui devait, un peu plus tard, être transféré
sur le « plan des Bouchers », actuellement place aux
Foires.

A une heure et demie de l'après-midi, Madeleine Albert
fait ses adieux à tous les gens de la prison, comme on le
fait à la veille du voyage le plus ordinaire. Elle a revêtu
la chemise de pourpre — symbole du sang qu'elle a
répandu ; sur sa tête, on a jeté le voile noir, — attribut
expiatoire des parricides. Elle se place de son mieux dans
la voiture qui, escortée par les gendarmes, se dirige vers
le lieu de l'expiation.

Bien que, ainsi qu'il est constaté dans un document
précédemment mentionné, l'esprit de la population mou-
linoise soit excellent ; encore qu'elle soit ennemie de
tout excès et qu'elle ait coutume de s'en rapporter au
vœu de la loi lorsque la vie d'un criminel est en jeu, des
mesures d'ordre exceptionnelles avaient été prises par le
commissaire de police sur l'ordre que, la veille, il avait

reçu du procureur général impérial, comme en témoigne la lettre suivante [1] :

« 19 mars 1811.

> « Le Procureur général impérial près la Cour de justice criminelle du département de l'Allier et membre de la Légion d'honneur, à M. le commissaire de police, à Moulins.

« Demain 20 courant, Monsieur, Madelaine Albert doit subir la peine dûe à son crime ; il y a lieu de croire qu'aux avenües des prisons, et sur tout son passage, il y aura une affluence innombrable de spectateurs. Je viens de donner des ordres pour établir, dans tous les lieux convenables, des gardes pour le maintien de l'ordre et la facilité du service des agents de la justice et de la police. Je vous charge de surveiller en personne, pour prévenir les désordres et les accidents trop fréquents en pareil cas.

« Je suis avec considération,

« GONTIER. »

Sur tout le parcours suivi par la voiture qui emporte la criminelle vers le trépas, se presse une foule énorme, mais calme. Madeleine Albert arrive au pied de l'échafaud sans avoir donné le moindre témoignage de faiblesse ou de repentir. L'exécuteur lui enlève son voile et, tout à coup, le glaive menaçant et tous les appareils de son

---

1. Cette lettre et le « résumé » du président Vernin sont les seuls documents relatifs au procès de Madeleine Albert, que nous ayons trouvés à la Bibliothèque municipale de Moulins.

supplice s'offrent à ses regards. Ici, faisons encore cet emprunt aux notes vécues et émouvantes de M. Dufour :

« ... C'est en ce moment terrible que s'évanouissent toutes les illusions de son égoïsme et de sa cupidité... Au lieu de la fortune attendue, la mort se présente à elle face à face, et derrière elle l'abîme infernal ouvert pour engloutir son affreuse proie... Le monstre retrouve dans son cœur d'acier assez de force pour tout braver... Il refuse ses derniers moments à son Créateur... Loin de se résigner à la peine trop douce infligée à ses forfaits, il s'en irrite... Il essaie de résister... Une rage féroce s'est emparée de lui... Il cherche à mordre la planche sur laquelle on le force à s'étendre... Bientôt, le glaive a fait tomber sa tête sacrilège... Mais, longtemps après que ses yeux se sont fermés à la lumière, tous ses traits conservent encore l'expression hideuse de cette rage vraiment satanique. »

Ainsi finit ce monstre extraordinaire, assemblage effrayant de cruauté inouïe sous les dehors d'une feinte douceur ; d'astuce et de sang-froid imperturbables sous l'écorce de la simplicité villageoise ; de perversité profonde sous des apparences de religion ; prodige inconcevable enfin d'égoïsme et de cupidité.

Ce même jour, l'officier de l'état civil consignait sur ses registres, de la façon discrète que voici, l'acte de décès de Madeleine Albert :

« Du vingt mars mil huit cent onze, septième du règne de Napoléon.

« Acte de décès de Magdelaine Albert, âgée d'environ

vingt-quatre ans [1], née à Biozat, en ce département, fille de défunts Amable Albert et de Claudine Beaujard, décédée aujourd'hui, à deux heures du soir [2], en cette ville ;

« Sur la déclaration à moi faite par Céret et signé du sieur Boussac, greffier de la justice criminelle ; et sur celle de Guillaume Saulnier, âgé de quarante-cinq ans, et par Jean Larbot, âgé de trente-huit ans, tous les deux journaliers et domiciliés à Moulins ;

« Constaté suivant la loi par moi, Georges Ripoud l'Aîné, adjoint délégué pour les fonctions d'officier public d'état civil ;

« De tout quoi j'ai rédigé le présent acte que j'ai signé et dont j'ai donné lecture aux parties comparantes, qui ont déclaré ne le savoir.

« *Signé* : RIPOUD L'AÎNÉ. »

*
* *

A cette époque, nous l'avons dit, le reportage n'était pas en honneur comme il l'est de nos jours. *Le Bulletin*

1. Au sujet de l'âge de Madeleine Albert, la même imprécision se reflète dans toutes les pièces de la procédure ; mais, au cours des recherches que nous avons faites dans les registres paroissiaux de la commune de Biozat, nous avons trouvé une indication qui nous permet de combler cette lacune de l'information. A la date du 20 décembre 1787, nous avons relevé l'acte de baptême de Madeleine Albert ; or, à cette époque, les enfants étaient habituellement baptisés le jour même de leur naissance, et il est infiniment probable que c'est bien là la date qu'il convient d'assigner à la naissance de la triste héroïne de cette sanglante affaire.

2. En ce temps-là, c'était l'heure fixée pour les exécutions capitales qui, actuellement, ont lieu dès le lever du soleil.

de l'Allier, dont nous avons signalé l'extrême discrétion
à l'égard du procès, ne daigna pas davantage s'appesantir
sur ce tragique épilogue. Il se borna à signaler l'exécution de l'arrêt dans la note suivante que nous avons relevée
dans le numéro de ce journal portant la date du jeudi
21 mars :

« Le jugement rendu le 23 février par la Cour de
justice criminelle séante à Moulins, contre Madeleine
Albert, assassin de toute sa famille, ayant été confirmé
le 14 mars par la Cour de cassation, elle a été exécutée
le 20 du même mois. »

Cette note était accompagnée d'un renvoi indiquant
que « la complainte et un portrait très ressemblant de ce
monstre se trouvent au bureau du journal ».

Car, à l'instar du Juif-Errant, de Geneviève de Bra-
bant et de Fualdès, Madeleine Albert avait suscité une
extraordinaire émulation parmi les faiseurs de complaintes ;
mais tous les « poètes » dont la muse rude ou naïve
s'inspira de l'horrible tragédie de Biozat ne furent pas
appelés à l'honneur de l'*imprimatur.* C'est qu'alors l'imprimeur ne pouvait rien confier à ses presses qui n'eût
reçu préalablement le visa préfectoral. Ne savons-nous
pas, d'ailleurs, que le *Bulletin de l'Allier* était rédigé
par le secrétaire général de la préfecture, c'est-à-dire par
une main d'une irréprochable orthodoxie ?

Le jour même de l'exécution, M. Desrosiers, imprimeur de la préfecture, dont les ateliers étaient situés
rue Notre-Dame, obtenait la permission d'imprimer la
complainte que nous reproduisons ci-dessous à titre
documentaire, puisque aussi bien nous nous sommes

attaché, dans cette relation, à faire de la documentation :

COMPLAINTE

sur *MADELEINE ALBERT, de la commune de Biozat,
ci-devant Auvergne, et actuellement du département de
l'Allier, qui, le 13 janvier 1811, égorgea (sic) son père, sa
mère et ses deux sœurs.*

(Air: C'est un éclair que la vie.)

Approchez, peuple fidèle,
Pour entendre le récit
D'une effroyable nouvelle
Dont la nature frémit :
Un forfait le plus atroce,
Le plus horrible attentat,
Vient, par un *monstre* féroce,
De se commettre à Biozat.

Ce monstre infâme est la fille
D'un citoyen plein d'honneur,
Et qui traitait sa famille
Avec beaucoup de douceur.
Un jour, manquant à son père,
Il voulut la corriger,
Mais écumant de colère
Elle finit de se coucher.

Tandis que cette exécrable
Songe à perdre ses parens,
Son père, homme respectable,
Et sa femme et trois enfans,
Passaient en joie la veillée
Auprès du feu sans penser
A la triste destinée
Qui devait leur arriver.

L'Affaire Madeleine Albert

La fille Albert, en silence,
Tenant une hache à la main,
Dans les ténèbres s'avance :
Comme le lâche assassin,
Frappe le premier son père,
Victime de sa fureur,
Egorge ensuite sa mère,
Et puis sa grande sœur.

Il restait la plus petite,
Elle n'avait que trois ans ;
Le *monstre* à sa voix s'irrite,
La prend dans ses bras sanglans,
Emporte cette innocente,
Malgré ses pleurs et ses cris,
Et la va toute vivante
Précipiter dans un puits.

De cet horrible carnage,
Le frère s'est échappé ;
Il s'enfuit dans le village,
Le village s'est assemblé :
On accourt, le *monstre* étonne ;
Et son aspect fait trembler ;
Chacun craint, chacun frissonne,
Aucun n'ose l'arrêter.

Pendant qu'on la considère,
La scélérate, hardiment,
Dans les poches de sa mère,
Cherche la clef de l'argent,
S'en empare, et son audace
Redouble encore la peur ;
Elle sort, jure et menace :
Chacun recule d'horreur.

L'Affaire Madeleine Albert

Après avoir pris la fuite,
Elle cherche à se cacher ;
La justice à sa poursuite,
La fait bientôt arrêter.
On l'amène prisonnière,
Et l'on instruit le procès
De cette âme sanguinaire
Dont Dieu venge les excès.

Son bras, ce bras redoutable,
Ne laisse rien à punir ;
Tôt ou tard, sur le coupable,
On le voit s'appesantir :
Il punit sans résistance,
Des scélérats les forfaits,
Et le crime, à sa vengeance,
Chrétiens, n'échappe jamais.

Voyez la preuve certaine
De ce que j'avance ici :
Dans le supplice et la peine
Qu'endure ALBERT aujourd'hui.
Fille trop dénaturée !
Elle est digne de son sort !
Après être condamnée
On la conduit à la mort.

Personne ne la regrette.
Entre les mains du bourreau,
Un voile noir sur la tête,
Elle marche à l'échafaud.
Elle arrive, alors commence
Son supplice mérité ;
On fait lire sa sentence
Et son voile est déchiré.

Enfin, on la guillotine,
Et son sang coule à nos yeux.
C'est ainsi que se termine,
Mes enfans, ce drame affreux.
Puisse cette horrible histoire
Se graver dans votre cœur !
Conservez-en la mémoire
Et craignez tous le Seigneur.

Respectez aussi vos pères,
C'est le devoir des enfans ;
Aimez tendrement vos mères,
Et soyez obéissans ;
N'ayez d'autre compagnie
Que la sagesse et l'honneur,
Et vous verrez votre vie
S'écouler dans le bonheur !

Par C. G.

Cette complainte était accompagnée de l'arrêt de la Cour de justice criminelle et de l'exhortation adressée par M. le président Vernin à Madeleine Albert et que nous avons reproduite d'autre part.

Un autre imprimeur moulinois, Joachim Burelle, fut moins heureux auprès de l'administration. A l'exemple de son confrère, il s'était adressé à la préfecture pour solliciter un permis d'imprimer en faveur d'une autre complainte. Il ne voulait rien de plus que lui, mais rien de moins. Mais il n'était point *persona grata* à la préfecture, qui lui tenait rigueur de sa politique subversive. En vain prend-il soin, dans une lettre conservée aux Archives départementales, de faire observer que « sa publication détruira

la complainte qui se vend à Lyon, et qui publie que la
coupable a eu les poings coupés » ; en vain se résout-il à
en appeler au directeur général du veto préfectoral :
l'*imprimatur* lui est refusé. On refuse même de lui resti-
tuer son manuscrit. Et c'est à cette circonstance particulière que nous devons d'avoir pu exhumer des Archives [1]
où elle était restée depuis lors, cette complainte, en dix-
neuf couplets — rien que ça ! — que nous reproduisons
ci-après. A défaut d'autre mérite, elle aura, du moins,
celui d'être absolument inédite :

COMPLAINTE

en vertu d'un grand crime commis par Madeleine Albert,
âgée de vingt-trois ans, natif (sic) de la commune de
Biozat, département de l'Allier.

(Air : *Joseph vendu par ses frères.*)

Quel coup lamentable
Chose rare
Jamais on à vû sous les cieux
Ce commettre un plus grand crime
C'est horrible les l'armes en coule des yeux.

Ne prenez pas ce que je vous dis
Pour une fourberie
C'est bien que trop la vérité
Ce grand crime vient de ce commettre
Chose certaine dans le département de l'Allier.

1. Série T, non classée.

L'Affaire Madeleine Albert

C'est d'une malheureuse fille
L'on frémit ah ciel dy pensé
Vient d'égorger père et mère
Ses deux sœurs même à la fleur
De leurs années.

Son bon père chargé de dêtes pour satisfaire
Mis en vente son morceau de bien
Le soir rentrant dans son ménage
Dit ma chère femme
J'ai vendu nous ne devons plus rien.

Sa fille Magdelaine Albert
Dit mon père est-ce que je nauray rien de ce bien
J'en veut et j'en aurez bien sure
Je le jure peut m'importe que vous ne deviez rien.

Le père outré de l'insolence
De son enfant
La renvoya avec un souffelet
En lui disant impertinante
Va dans la chambre
Je te prie de t'aller coucher.

Cette imperfide de suite
Lui obéit a son lit elle s'est retiré
Mais le diable qui est un t'enteur
Gagna le cœur de cette mal avizé.

S'en réfléchir une demie heure passe
Empogne une hache
Surprit son père au coin du feu
D'un seul coup lui ouvre le cragne
Quel crime infame
Aton rien vû de plus affreux.

L'Affaire Madeleine Albert

Sa chère mère dit Magdelaine
Ma chère Albert
En grâce laisse moi la vie
S'en dire mots elle la frappe
De cette même hache la mit à mort
S'en aucun cris.

Se regette sur sa sœur cadette comme une
Tigresse un jeune enfant âgée d'onze an
La frapa d'un coup si terrible lui a oté la vie
La maison est remplit de sang.

Il reste encore le cinquième son jeune frère
Dont Dieu veut conserver vivant étoit caché
Dernier un cofre passe à la porte il étoit
Temps le pauvre enfant.

Voyant son frère prendre la fuite elle s'est timide
Pour qui puisse rentrer au logis elle l'appelle
Avec tendresse vient mon petit frère je ne
Te ferez pas de mal mon amie.

Mais Dieu qui veut que le cinquième
S'échape du glaive pour raporter la vérité
C'est le grand pere de la justice veut que de
Tout crime les auteurs en soye remarqué.

Ce pauvre enfant beignée de l'arme
Court aux villages criant aux meurtres
Et a lasasin dit il chez nous ma sœur
Hache tue et massacre Dieu m'a
Echapé de ses mains.

Sur la parole du jeune homme plusieurs
Hommes ont courut voir cette asassin

L'Affaire Madeleine Albert

Madelaine se présente à la porte dit celui
Qui m'a proche je lui plonge ce couteau
Dans le sein.

Ce sont retiré en arriere devoir Albert
En furie comme un lion rougissant
Cherche dans la poche de sa pauvre mere
La clait de l'hormoire c'est emparé
Du peu d'argent.

Elle est partit dessus ce quart d'heure
La malheureuse munit
De ce même couteau mais la providance
Divine veut qu'elle soit prise et
Renfermé dans ces cachots.

Pere et mere de famille que ce grand crime
Vous serve d'éclaircissement
Redoublé vos dissiplines Dieu vous l'invite
Chatiez chatiez vos enfants.

Priez Dieu et la Sainte Vierge
Dans vos menages soyez serieux a votre
Religion pour que le Seigneur preserve
Vos élèves des tentations du demond.

Fait par Chassin Laveugle.

L'existence d'une troisième complainte — il y en eut
sans doute d'autres, puisque Burelle en signale une, à
Lyon, qui accrédite la légende des « poings coupés » —
nous est révélée par Louis Audiat[1] qui en découvrit le
texte dans la maison d'un paysan de la Charente-Infé-

1. *Annales bourbonnaises*, année 1890.

rieure ! Elle avait été éditée à Bordeaux en 1870, et rajeunissait par conséquent de près de soixante ans l'horrible tragédie de Biozat. Elle était signée de Jules-Auguste Besson — un nom fleurant d'une lieue le terroir bourbonnais — comportait quinze couplets de chacun six vers (?), où l'on voit rimer « hache » à la fois avec « grâce » et « couche » ; « brave » avec « mémoire » et « affaires », et se chantait sur l'air de *Fualdès*. En son ultime couplet, elle faisait parler Madeleine Albert sur l'échafaud :

> J'approche de la place de justice
> Et là il me faut mourir.
> Mais j'ai beaucoup de repentir
> D'avoir commis ce crime horrible.
> Filles, priez Dieu pour moi :
> Je suis réduite aux abois...

Cette littérature de colportage ne devait pas suffire à rendre dans toute leur horreur les forfaits de Madeleine Albert, non plus à satisfaire l'imagination de la multitude avide de grandiose, même dans le crime. Jules-Auguste Besson connaissait admirablement la psychologie des foules, et il l'avait exploitée fort ingénieusement en corsant sa cantilène d'un récit en prose où il ajoutait une « rallonge » émouvante, qui prouve à tout le moins en faveur de son imagination. A qui prêter, d'ailleurs, sinon aux riches ?... Mais laissons parler Louis Audiat :

« Madeleine Albert est condamnée à mort. Elle demande à se confesser. C'est ici que l'auteur s'est donné carrière : « Au moment où son confesseur se « disposait à recevoir l'aveu de ses péchés », que croyez-

vous qu'il arriva ? « Elle le frappa d'un poignard qu'elle
« avait réussi à cacher sur elle. » Certainement, on avait
négligé de la fouiller... « Aussitôt, elle le dépouilla de
« ses vêtements et, s'en étant revêtue, elle se sauva au
« moyen de ce déguisement. » Prison bien gardée. Aussi,
qui fut penaud le lendemain ? Ce fut le geôlier : « Il ne
« trouva dans la cellule qu'un cadavre », et c'était celui
de l'aumônier. On s'agite, on court ; « la nouvelle de
« cette évasion fut aussitôt répandue dans Moulins ». On
cherche partout, on fouille les coins et les quarres ; enfin,
« après trois jours, elle fut retrouvée dans le village
« même de Biozat ». Se voyant arrêtée, Madeleine
menaça de mort quiconque l'approcherait. Ce que
voyant, le maire, M. Richard, ordonna de faire feu sur
elle en s'écriant : « Que ses pieds ne salissent plus la
« terre ! » « Blessée à l'épaule, elle roule sur le sol,
« écumante de rage et de fureur. » Elle fut transportée,
« au milieu de la foule épouvantée, dans sa cellule »,
malgré la distance de Biozat à Moulins (63 kilomètres) ;
et, « l'heure de son supplice ne tarda pas à sonner ».

L'assassinat de l'aumônier n'était qu'une amplification
jugée nécessaire par l'auteur de la complainte pour
rendre encore plus odieux le « monstre » de Biozat,
pourtant déjà si rempli de crimes, et favoriser la diffusion
de son « œuvre ». La légende, d'ailleurs, ne pouvait que
trouver un aliment facile dans une affaire aussi tragiquement émouvante. Ne l'avons-nous point vu s'accréditer
sous la plume même de Théodore de Banville ?...

A l'égal de la poésie populaire, l'art a contribué à
perpétuer le souvenir de Madeleine Albert. Mais, là

encore, nous retrouvons la fiction et la fantaisie. Dans son article des *Annales bourbonnaises*, Louis Audiat a pu, interprétant ce qui était alors la croyance générale, écrire ce qui suit :

« ... Vous avez vu sans doute à un volet d'un pavillon qui fut jadis au café de Paris, en face de l'hôtel Saincy (la Préfecture), à l'angle des cours Doujat et d'Aquin, une assez jolie peinture représentant une fille de la campagne, bonnet et fichu blancs, robe rouge. Personne n'a jamais passé là sans remarquer ce portrait ; nul père, nulle mère, sans dire : « C'est Madeleine Albert », et raconter avec effroi les péripéties de cet épouvantable drame... »

Le pavillon en question a disparu après 1870, et le portrait dont il s'adornait a été placé dans les salons du Cercle Bourbonnais, où il est resté depuis. Mais ce portrait n'offre aucune ressemblance avec Madeleine Albert, qu'il est censé représenter ; les traits, les détails du vêtement et de la coiffure sont tout différents de ceux que nous a laissés Henri Dufour, en la fidélité de qui nous pouvons avoir confiance, puisque aussi bien il dessina Madeleine Albert d'après nature, ayant eu l'occasion de la voir dans sa prison et à l'audience, de la suivre jusqu'au pied de l'échafaud, voire même, sans doute, de prendre son effigie *post mortem*. En effet, parmi les documents concernant Madeleine Albert, qui sont en la possession de M. le docteur Reignier, se trouve le masque en plâtre d'une jeune femme paraissant avoir subi la décollation et dont les traits se rapportent d'assez près aux dessins exécutés par Dufour.

A l'audience, ce dernier crayonna Madeleine dans ses attitudes diverses. Il nous la montre, notamment, au moment où elle élève les mains à la hauteur de son front comme pour repousser la vérité accablante qui coule de la bouche des témoins. Il « croqua » sa tête sous tous ses aspects : de profil, de face, de trois-quarts, la disséqua en quelque sorte pour, en une opposition saisissante, montrer la similitude du crâne de son sujet avec celui d'une quelconque hyène...

Au talent de Dufour, nous devons également un dessin excellent d'après lequel a été exécutée une lithographie de Madeleine Albert, qui figure, avec les croquis d'audience dont nous venons de parler, parmi les collections de M. Francis Pérot. C'est de cette gravure que le crayon habile de M. Charles Papillon a tiré la très fidèle reproduction qui accompagne cet article.

Mais, nous le répétons, tous les dessins de Dufour diffèrent très manifestement de la peinture du Cercle Bourbonnais que lui attribue Louis Audiat.

Cette peinture peut avoir 60 sur 80 ; elle est exécutée sur un panneau très grossier ; elle est sans caractère artistique et n'est, d'ailleurs, pas signée. Or, Dufour était un artiste de réel talent, et il eût signé. Dans l'angle supérieur, sur un « repeint », se détache une date : « 1808 ». La coiffe plissée n'a de rapport avec aucune de celles dont Dufour orne son sujet. Madeleine Albert est représentée avec une collerette blanche, également plissée, qu'on ne retrouve pas ailleurs. Le tablier est noir, alors qu'il est quadrillé dans la planche faite d'après Dufour. La robe est rouge, tandis que Madeleine

Albert portait une robe d'étamine verte. Le nez est pincé, les lèvres sont minces, le menton porte une fossette ; la figure, dans son ensemble, est longue, alors que Dufour la fait toujours ronde.

Si le masque de plâtre peut se rapporter aux dessins de Dufour, la peinture, encore une fois, n'a aucun point de contact avec les données de ce dernier.

La tradition — abstraction faite du « 1808 » — veut que cette peinture soit le portrait de Madeleine Albert ; mais comment expliquer qu'elle n'offre aucune ressemblance avec les croquis pris à l'audience ?... On peut supposer qu'elle a été faite « de chic », postérieurement aux événements qui l'avaient inspirée, et pour fixer le souvenir d'un crime dont la date même n'était plus présente à la mémoire de son auteur, — ce qui expliquerait l'anachronisme du « repeint ».

*
* *

Dans son article des *Annales bourbonnaises,* Louis Audiat tirait cette conclusion :

« ... Heureuse et criminelle Madeleine Albert ! Les historiens ont raconté tes hauts faits. Besson t'a plainte ; Dufour t'a peinte. Ton nom vivra plus qu'eux. Cartouche et Mandrin sont plus populaires que Raphaël, Corneille ou Bossuet. »

Jugement un peu bien sévère à l'égard de ceux qui ont contribué à « immortaliser » le souvenir de ce monstre femelle, — et pour M. Audiat lui-même, sans qu'il y paraisse.

Mais loin de nous la pensée d'avoir voulu exalter un

crime exécrable, non plus que tirer de l'oubli du passé le nom sinistre de Madeleine Albert, dans l'unique but de le livrer en pâture à l'opinion. En retraçant ici, fidèlement, dans tous ses détails, la sombre tragédie du siècle passé, en faisant revivre les phases d'un procès demeuré célèbre dans les annales bourbonnaises, en restituant son véritable caractère à un événement que, trop longtemps, la légende enveloppa de ses épaisses brumes, nous n'avons eu d'autre intention que d'apporter à l'histoire locale, jalouse d'exactitude et de vérité, une contribution sincère, étayée sur des documents authentiques et sur des faits rigoureusement contrôlés. A défaut d'autre mérite, cette relation peut prétendre à celui de l'exactitude et de la précision, que et notre ambition ne va pas plus loin.

Imprimé en novembre 1913

—————— *par* ——————

Crépin-Leblond à Moulins

www.ingramcontent.com/pod-product-compliance
Lightning Source LLC
Chambersburg PA
CBHW070746280626

47162CB00017B/2383